발버둥치다

I'm CODA

I'm CODA

# 발버둥치다

박하령 장편소설

㈜자음과모음

* 최근 수화를 한국 공식 언어로 제정하라는 내용의 '수화기본법 운동'이 시작되어 '수어'와 '수화'를 혼용해서 썼습니다.

차례

쥐가 된 기분 7

나는 조잘대고 싶다 18

전과 같을 수 없는 후 40

나다워지는 법 60

거리 두기 77

벽을 통과하는 중 92

배신자가 되지 않는 방법 108

상처를 안고 산다는 건 122

마음의 덧창 열기 140

Try Again 154

나비 효과 169

너무 아픈 사랑은 사랑이 아니다 190

그날이 왔다 202

발버둥친다 211

작가의 말 218

# 쥐가 된 기분 ★

정말 어이가 없다. 누군가의 의미 없는 몸짓에 밀려서 낭떠러지 아래로 떨어진 듯 황망한 기분이 든다. 어떻게 이런 일이 있을 수 있는 거지? 한 마리 쥐가 되어 쫓기듯 건물 밖으로 튀어나온 나는 무작정 버스에 올라탔다. 손에는 딸랑 핸드폰 하나만 쥔 채. 한낮이라 버스는 텅텅 비어 있고 열린 창 사이로 습격하듯 들이닥친 바람들은 무질서하게 버스 안을 쏘다니고 있다. 사정없이 내 뺨을 쳐대는 바람에게 저항하듯 난 눈을 치뜨고 버스 한가운데 손잡이를 꽉 잡고 서 있었다. 이대로 좌석에 퍼질러 앉았다가는 엉엉 소리 내어 통곡하게 될지도 모른다는 두려움이 앞섰기 때문이다. 하지만 그마저도 내 의지대로 할 수 없었다. 버스 기사가 내게 큰 소리로 고함쳤기 때문이다.

"거기 학생, 앉아!"

토론 대회는 내가 자그마치 반년 이상을 준비했던 일이다. 예선부터 오늘의 본선에 이르기까지 꼬박 반년 하고도 15일이 걸렸다. 엄청난 시간을 투자했을 뿐만 아니라 대외적으로도 이미 널리널리 자랑질을 해 놓은 터라 나름 욕심을 가지고 준비해 온 일이다. 그런데 그걸 한순간에 포기하게 되다니! 분하고 약이 올라서 미칠 지경이다. 버스 안에서 발을 굴러서라도 내 분노를 털어 내고 싶지만 유일한 승객인 나를 백미러로 주시하고 있는 버스 기사가 또 한소리 할 게 뻔하다. '거기 학생, 뭐 해!' 하고. 좀 전에 내게 고함칠 때 기사는 그 상황을 충분히 즐기는 것처럼 보였다.

차창 밖으로 시야를 돌리고 아무리 머릿속을 텅 비우려 애써도 눈치 없는 기억은 조금 전 일을 또렷하게 떠올린다. 덕분에 얼굴은 벌게지고 눈에는 순식간에 눈물이 흥건히 고였다가 아래로 낙하한다. 하지만 난 손을 올려 닦지 않는다. 울고 있다는 사실을 스스로 인정하는 것조차도 치욕적이다. 분노는 접수하지만 슬픔은 거절한다. 분노와 슬픔은 엄연히 분야가 다르므로. 내가 몸소 토론 대회를 포기하긴 했으나 일이 이렇게 되도록 큰 그림을 그린 건 내가 아니므로 결국 난 오롯한 피해자다. 그러므로 내게 벌어진 이 일을 슬픔으로 받아들이는 건 너무 자존심 상하는 일이다. 난 단지 분노할 뿐이다. 분노를 짓이기기 위해 껌을 씹듯이 질겅질겅 노래를 흥얼거린다.

"난 대문 밖으로 갈 거야. 세상 밖으로. 세상 밖으로…… 신나게…… 밖으로 나갈래."

땅을 차고 오르는 봄 아지랑이 같은 노래다. 노래 가사의 전후를 살펴보면 대문 밖으로 나가 세상 속으로 뛰어든다는 의미여서 좋아했는데, 지금 나에겐 다른 의미로 간절하게 받아들여진다. 이곳이 아닌 또 다른 세상 밖 어딘가로 도망쳐 아무도 모르게 숨을 은신처가 내겐 필요하다. 나 자신조차 잊어버릴 수 있는 그런 곳이면 더욱 좋겠다. 세상 밖은 어디일지. 그곳이 어떤 곳이든 지금 이곳만 아니면 된다. 지금 이곳에서의 나는 막연하게 그 누군가, 어딘가를 향해 지독하게 적의를 퍼붓고 싶다는 생각뿐이다.

'왜냐, 아까도 말했다시피 이건 내 잘못이 아니니까. 그럼, 나의 이 지독한 적의를 받아야 할 사람은 누구?'

애써서 답을 궁리할 필요도 없다. 답이 너무 뻔하니까. 하지만 인정하기 껄끄러운 사실이라 외면할 따름이다. 정말이지 엄마, 아빠에게 화내고 싶지는 않다. 그러기에 나는 이미 너무 많은 것을 안다. 뻔히 아는 사실을 가지고 떼쓰듯이 투정 부릴 나이는 지났단 소리다. 말 그대로 머리가 커 버렸으니까. 화는 나지만 화를 내서는 안 된다는 도덕적인 당위성까지도 이해하고 있다. 그러니 조물주를 원망하는 게 맞다. 왜? 그분이 나를 우리 엄마, 아빠의 딸로 세팅해 놓으셨으니까. 하지만 그마저도 맘에 쏙 드는 결론은 아니다. 조물주는 내 적의의 대상이 되기에는 너무 추상적이다. 적의는 내 쪽에서 내던지고 말 일이 아니다. 적의라는 건 적의를 받은 자가 괴로워하거나 구체적인 피해를 입은 모습이라도 확인되어야 그 가치가 발휘되는 건데 조물주는 확인이 불가능하니. 젠장! 차라리 담벼락을 발로 차는 게 낫지.

조금 전에 벌어진 일을 이야기하자면 이렇다. 토론 대회가 시작되기 전 교육청 화장실 거울 앞에서 앞머리를 열심히 띄우고 있는데 노랑머리 여고생과 그 친구가 불쑥 들어왔다. 그 애들도 나처럼 꽃단장이 목적인 듯 들어서자마자 거울 앞에 바싹 붙어 섰다.

"봤어? 그 똥색 한복 입은 아줌마 손버둥 치면서 버벅거리던 거?"

"어. 자기 딸 응원 왔대."

"에이, 설마…… 그 아줌마 딸이 토론 대회에 나왔다고? 이렇게 손버둥 치면서 해? 그게 말이 돼?"

난 대번에 알아먹었다. 노랑머리가 말한 똥색 개량 한복을 입은 사람이 우리 엄마라는 걸. 수어를 하는 엄마를 보고 노랑머리는 '손버둥 친다'고 나름의 표현을 하고 있다. 수어는 엄밀한 언어이건만 정말 무식하기 짝이 없는 애다. 게다가 농아의 딸은 무조건 농아일 거라고 생각하다니…… 무식의 정점을 찍는다. 정말 화가 났다. 그러므로 그 애를 향해 흰자가 허옇게 드러나도록 눈이라도 흘겨야 마땅하건만 난 그러지 못했다. 그 순간 난 엄청난 본능의 힘에 이끌려 도망칠 궁리를 하기 시작했다. 띄우던 앞머리를 사정없이 아래로 다시 빗어 내리고 조용히 뒤돌아 나왔다. 그 애가 전한 그 사실만으로도 온몸이 오그라들어서 노랑머리에 대한 분노 따위는 들어설 자리조차 없었다.

'이런! 엄마가 오다니……'

오시지 말라고 아침에 그토록 수없이 못 박아 말했건만. 엄마는 나와 눈을 맞추고 고개를 끄덕이면서 걱정하지 말라고 내게 다짐 했었다. 손가락까지 걸어 놓고서 기어코 왔다. 우리 엄마는 그런 분이다. 엄마는 사랑을 표현하는 일에는 브레이크가 없어도 된다고 생각한다. '엄마 식'의 사랑 표현은 이 세상 그 누구도 막지 못할 엄마만의 정당한 권리라고 믿고 있으니까. 그러므로 당신이 해야겠다고 생각하면 한다. 내가 원하든 원치 않든 그건 상관없다. 엄마가 건네는 건 사랑이니까. 동기가 순수하므로 무조건 줘도 된다고 믿는다. 그것이 상대에게 넘겨졌을 때 어떻게 변질될 수 있는지까지는 절대 헤아리지 않는다. 그런 의미에서 우리 엄마는 온화한 독재자다. 쉽게 저항하기도 힘들고 독하게 반항하기도 난처한, 선의의 옷을 입고 있는 독재자.

아주 짧은 순간에 내 머릿속에는 엄마에 대한 원망이 구체적으로 고였다. 하지만 그 원망의 내용은 내게 이미 너무나 익숙한 터라 더 새로울 것도, 분노로 기화될 무엇도 아니다. 아침저녁으로 볼 수밖에 없는 우리 집 거실의 벽시계와도 같다. 이러니저러니 평가하고 분석할 필요도 없이 그 존재를 가만히 받아들여야 하는 무엇이랄까. 지금 내겐 나를 위한 행동이 필요할 뿐이다. 난 '튀자!'라고 내 몸에 명령했다. 망설임? 없었다. 머릿속이 하얘지는 순간에도 탱탱하게 살아 숨 쉬는 나의 강렬한 자위의 욕구는 이미 모든 계산을 마쳤다. 말콤 엑스란 사람이 그랬단다. '자위(自衛)를 위한 폭력은 폭력이 아니라 지성'이라고. 폭력조차 지성이라고 하는 마당에 난 지금 폭력을 쓰겠단 것도 아니고 단지 나를 지키기 위해 도망칠 뿐이다. 명분은 충분하다.

'강당 쪽으로 가면 엄마와 희수를 비롯해 아이들이 모여 있으니 반대쪽으로 가야 해!'

그렇게 내빼서 버스 정류장 쪽으로 뛰었다. 우리 엄마가 농인이란 사실이 아이들에게, 아니 희수에게 알려지는 게 죽을 만큼 싫었으니까. 지난 몇 달 동안 준비해 온 대회를 그냥 한순간에 날려 버려도 상관없을 만큼 나 자신을 지키는 일이 중요했다.

'헉! 너 뭐야? 엄마를 피해 달아나다니…… 널 낳아 준 엄마를 부정하는 거야? 그게 널 지키는 거야?'

정류장에서 버스를 기다리는데 누군가 내게 이런 소리를 하며 종주먹을 들이대는 기분이 들었다. 하지만 이건 엄마를 부정하는 것도, 그렇다고 엄마를 피해서 도망치는 것도 아니다. 단지 나를 없고 자기들 맘대로 부조리하게 돌아가는 거대한 틀에 대한 반항일 뿐이다. 언젠가 대형 벽시계의 속을 본 적이 있었다. 내장이 훤히 들여다보이는 투명 물고기처럼 된 벽시계였다. 거대한 바퀴들이 돌아가고 그 바퀴들 사이에 맞물린 작은 바퀴는 자기 의지와는 상관없이 돌아가고 있었다. 다소 무기력해 보이는 그 바퀴. 난 그 바퀴처럼 운명의 거대한 틀에 엮여 돌아가는 작은 바퀴였을 뿐이다. 그러니 잠시 튕겨 나와 도망을 치는 이 정도의 자유의지는 존중받아야 한다고 생각한다. 하지만 주은이는 그렇게 생각하지 않는지 내 맘은 아랑곳하지 않고 비난부터 해 댔다.

"너 미쳤구나!"

"어쩔 수 없었다고!"

"좋아. 토론 대회야 이미 물 건너갔다 치고. 너희 엄마가 어때서? 네가 초딩도 아닌데 설마…… 엄마가 창피한 거야?"

"그렇게 말하지 마! 누구나 밝히고 싶지 않은 사실 정도는 있는 거 아냐? 다 까발리고 살지는 않는다고. 다들 그러잖아? 가릴 거 가리고 흉터가 있으면 화장으로 덧칠하고 키가 작으면 키 높이 신발도 신고……."

"그러니까…… 흉터 같은 거야? 부모님이 너한테?"

"꼭 집어 흉터 그 자체란 건 아니고 어느 부분이 그렇단 거지. 우리 엄마, 아빠가 농인인 게 나한테 자랑거리일 수는 없잖아. 안 그래?"

"그래도 부모님이 네 존재의 일부인데 그런 식으로 감추려 든다는 건 자식 된 도리가 아니라고 봐."

"도리? 난 자식으로만 살려고 이 세상을 사는 건 아니야. 도리가 일 순위는 아니란 거지."

"뭐냐? 그런 순위의 문제가 아니거든. 도리란 '마땅히 행해야 할 바른길'을 말하는 건데, 설마 '마땅히'란 단어를 모른다고 할 생각은 아니겠지?"

"쫀쫀하긴……. 야! 내가 물에 빠진 부모님을 나 몰라라 하고 튄 게 아니잖아? 난 도리를 팽개치겠단 게 아니고 그냥 적재적소에 맞게 선택하려는 것뿐이야. 내가 원치 않는 대목에서 알리고 싶지 않아서 튄 건데 그게 뭐 나쁜 일이야?"

"선택을 앞세우면 나도 더 할 말은 없어. 네 선택이고 그게 나쁜 일이 아니라니……. 하지만 지극히 객관적인 기준으로 한마디 하면 네가 튄 게 옳은 일은 아니야. 적어도 미안해는 해야지. 게다가 넌 학교 대표로 나간 건데 그것까지 내팽개친 거잖아?"

"그래, 알아. 나도 미안해. 하지만 옳지 않은 일을 할 수밖에 없는 입장이란 게 있어. 옳지는 않지만 나쁘지도 않은 게 세상엔 있다고. 알아?"

주은이가 알 리 없다. 내 입장이 되어 본 적 없으니까. 그래도 야속하다. 아무리 내 입장이 되어 보지 못했다손 쳐도 도망칠 수밖에 없었던 나의 입장을 눈을 찡끗하면서 눙치듯이 이해해 줄 법도 한 일이건만. 아무튼, 난 억울하다. 싫다는 건 나의 솔직한 감정이고 그래서 도망친 건데, 그게 왜 내 잘못이란 말인가? 잘못은 엄마를 보고도 튈 수밖에 없는 비극적인 상황을 만든 그 누군가에게 있다.

왜 하필 나를 이런 상황 속에 밀어 넣었냐는 말이다. 대체 왜?

농인 엄마를 가져 보지 못한 애들은 그곳에서 엄마와 마주쳤을 때 어떤 일이 벌어질지 죽었다 깨도 모른다. 상상조차 못 할 것이다. 신음에 가까운 소리로 '아~가, 아~가' 이렇게 외치는 엄마를 돌아봐야 할 때의 기분이 어떤지. 그냥 모른 척하고 싶다는 유혹과 동반하고 있는 죄의식이 얼마나 사람의 피를 말리는지. 그리고 주변 사람들이 나와 엄마를 바라보며 '둘이 세트야?' 이런 표정을 지을 때 얼마나 굴욕적인지. 그것도 하필 학교를 대표해서 나온 공식적인 자리에서, 뭔가 나만의 자부심으로 똘똘 뭉친 어떤 기운을 손에 쥔 채 앞머리를 한껏 올려서라도 자신을 고무시키려던 바로 그 순간에 말이다. 애들은 모른다. 절대 알 턱이 없지.

버스는 세상 밖으로 나갈 재주는 없는 건지 일정 시간을 달리더니 회차 지점을 돈다. 비겁하게도 나를 원위치로 돌려놓을 작정인가 보다. 노선버스의 한계다. 어쩌지? 여기서 내려? 망설이고 있는데 엄마의 톡이 '뻐끔!' 하고 붕어가 뱉어 낸 방울처럼 뜬다. 엄마는 톡조차도 무음이다. 물론 내가 설정해 놓은 거지만.

— 아가, 어디?

딸랑 두 어절이지만 그 안에는 엄마의 끈적이는 안타까움이 가득하다. 엄마의 안타까움은 내게 아프게 와닿다 못해 짜증을 유발한다. 엄마는 늘 나를 '아가'라고 부른다. 난 그 말이 정말 싫다. 마치 엄마의 영원한 아가로 존재하라는 명령처럼 들리기도 하고 또 그 말이 가진 특유의 연대감이 영원히 풀 수 없는 거대한 족쇄처럼 여겨지기도 한다. 주은이는 엄마의 사랑이 듬뿍 묻어나는 호칭이라며 부럽다지만 내겐 전혀 그렇게 느껴지지 않는다. 포대기에 업힌 아가로서 엄마의 등에서 천상의 안락함을 느끼기보다는 늘 엄마 뒤에서 엄마의 애잔함을 읽는 운명을 가진 수인(囚人)이 된 기분이 든다. 엄마를 생각하면 늘 짠한 마음이 들어서 싫다. '오늘 안 오기로 해 놓고 왜 왔냐'라고 엄마에게 호되게 따져야 하는 상황이건만 절대 그럴 수도 없고 그래서도 안 된다는 게 더 기막히게 화가 난다. 세상에서 제일 고약한 사람은 미워할 수도 없게 착하거나 약한 사람이라던데…… 비명이라도 지르고 싶어지던 차에 국어 샘의 문자가 뜬다.

— 너 뭐냐?

그러게. '난 뭐지?' 이런 생각에 밑줄이 쳐진다. 그리고 뒤이어 아주 상식적인 걱정들이 줄 서서 머리를 빼고 있다. 학교에 가서 뭐라고 변명을 해야 하는 거지? 목이 빠지게 수상 소식을 기다리고 있을 교장 선생님 이하 여러 선생님과 친구들을 떠올리니 새삼

나 자신한테 어이가 없다.

'뭐야! 아니 겨뤄 보지도 않고 내뺐다고?'

'그럼 뭐 하러 학교 대표로 나간 거야? 딴 애한테 양보나 할 것이지.'

'대표가 그렇게 책임감이 없어서야 되겠어?'

이런 비난이 학교 전체를 떠들썩하게 할 것이다. 그러니 어떤 식으로든 변명할 거리를 만들어 내야 한다. 그런 생각으로 머릿속이 복잡해질 즈음 이번엔 앙증맞은 카톡 소리가 나를 흔든다.

— 유나야, 무슨 일 있어?

희수다. 진희수. 얘만 아니었다면 이런 일은 벌어지지 않았을지도 모른다. 희수의 톡을 보니 갑자기 온몸의 기운이 쭉 빠진다. 대체 이 애는 언제 내 마음에 성큼 들어와서 자리를 잡기 시작한 걸까? 내 맘에 들어와 자리만 잡고 얌전히 앉아 있는 게 아니라, 내안의 모든 걸 다 헤쳐 놓았다. 리트머스 시험지를 타고 올라가는 잉크의 무례한 번짐처럼 '좌' 하고 내 맘에 밀려 들어와 구석구석을 묘한 색으로 물들이고 있다.

그렇게 나는 변질되고 있다. 오늘의 이 도망질도 변질의 한 예다.

# 나는 조잘대고 싶다 *

"야! 말이 되냐?"

아팠다는데 대체 그게 말이 안 될 게 어디 있담?

"아팠다니까요."

"야, 자식아. 근데 네 말이 왜 내 귀엔 진실성 있게 안 들리냐?"

"그거야…… 선생님 문제 아닌가요?"

샘은 나를 한참 째려보다가 관두자는 뜻으로 손을 내젓는다. 허공을 걸레질하듯이 무기력하게 내젓는 손짓이라 영 마음이 편치 않다.

'차라리 저를 한 대 때려주세요.'

이렇게 권유해 보고 싶지만 말이 길어질 것 같아서 참는다.

"가라. 말해 뭐 하겠냐. 입 다물기로 작정한 놈 털어 봐야 나만 힘들지."

샘도 촉이 살아 있는 분이시니 뭔가 석연찮다는 생각을 하셨을 거다. 평상시의 나라면 기절을 하는 그 순간까지 절대 포기하지 않았을 텐데, 해 보기도 전에 튀었으니 이해가 안 갈밖에. 돌아서서 가려는데 샘이 기어코 다시 나를 불러 세운다. 그럼 그렇지. 이렇게 한 번의 닦달로 쉽게 놔 줄 분이 아니다.

"야, 엄마 한번 오시라고…… 아 참! 아니…… 됐다!"

말을 거두신다. 어차피 농인인 우리 엄마가 와도 나를 빼고는 소통할 수 없다는 걸 아시니까. 좋은 일에야 엄마를 모시고 나의 통역을 받아가면서 흐드러지게 이야기꽃을 피울 수 있겠지만, 지금 샘은 내 뒷담화를 하고 싶어서 엄마를 찾는 걸 테니까.

'대체 유나가 왜 그런 거죠? 혹시 집에 무슨 일이 있었나요? 그럴 애가 아닌데…… 심경의 변화를 일으킬 만한 무슨 계기가 있는 건지…….'

이런 말을 묻고픈 게지. 그런데 그걸 내 입을 통해서 들을 수는 없을 테니까. 샘도 답답할 거다. 이해는 간다. 하지만 지금 샘을 위해 할 수 있는 일은 없으니 돌아서 교무실을 나간다. 나로선 이게 최선이다. 눈앞에서 얼른 사라져 주는 거.


앞서도 운을 떼었듯이 우리 엄마, 아빠는 농인이다. 하지만 난 정상이다. 아니! 이런 표현은 불공정하다. 엄마, 아빠가 비정상이 아니니까. 친할머니가 사람들한테 나를 가리키며 '얘는 정상이야.' 하고 말할 때마다 난 격분했는데, 요즘엔 나도 모르게 그 표현을 쓸 때가 있다. 이래서 환경이 무서운 거다. 조용히 소리 없이 젖어 드는 거니까. 아무튼 난 농인이 아니다. 그런데 나 같은 아이를 부르는 말이 따로 있단다. 코다. 코다(CODA)는 'Children Of Deaf Adult'의 약자로 청각 장애 부모를 둔 비장애인 자녀를 가리키는 말이다. 이렇게 일부러 호칭을 마련해 놓은 이유는 나 같은 입장에 있는 아이들만이 갖는 특수한 상황이 있기 때문일 것이다.

맞다! 난 특수한 상황 속에서 살았다. 어려서부터 두 개의 말을 해야 했고 또 두 개의 세계를 들락거리며 살아야 했으니까. 들리는 세계와 들리지 않는 세계를. 어릴 적엔 어느 쪽이 바람직한 세계인지 전혀 몰랐었다. 사실 내겐 그냥 다른 세계일 뿐이었다. 치마와 바지가 다르듯이 머리띠와 머리 방울이 다른 것처럼 그냥 다른 거라고만 생각했는데, 점점 커 가면서 들리지 않는 세계는 뭔가가 결핍되었다는 걸 알게 되었다. 아마도 할머니가 '얘는 정상'이란 말을 한 즈음부터일지도 모르겠다. 그리고 그때부터 비로소 느끼기 시작한 사람들의 색다른 시선, 차별적인 행동, 연민 섞인 말들 그런 것들이 내게 들리지 않는 세계가 열악한 것임을 깨닫게 했는지도 모른다. 물론 거기엔 수적인 우세도 영향을 준다. 들리지 않는 세계보다는 들리는 세계의 사람들이 더 많으니까.

난 그렇게 두 세계를 오가면서 양쪽과 소통하는 법을 터득했다.

입말도 하고 수어도 하고 그리고 둘을 이어 주는 통역도 하고. 남들보다 한 가지를 더 할 줄 안다는 건 유리한 일인 것 같은데 이상하게도 현실은 그렇지 않았다. 정상과 비정상이란 표현이 이 세상에 있는 한 나에게 코다로서 삶은 그다지 자랑거리는 아니었다. 코다는 능력자를 뜻하는 말이 아니라 약간은 어려운 특수상황에 있는 아이를 뜻하는 말이었다.

실제로 늘 새 학기가 되어 새로운 학원을 간다든가 아니면 시장으로 물건을 사러 가면 엄마 때문에 다들 내게 한 마디씩 했다. 마치 동정은 소리 내는 입을 가진 자들이 숙제처럼 뱉어야 할 무엇이라고 생각을 하는 건지……. 동정심을 건넨다는 명분하에 도무지 상대의 프라이버시를 인정하지 않았다. '어머, 너…… 엄마가 못 들으시는구나?' 이런 식으로 사실을 읽어 주는 사람부터 '아이고! 어린 것이 불쌍해서 어쩐다니' 이렇게 노골적인 동정을 침 바르듯이 내게 마구잡이로 묻혀 대는 사람들까지 다양하게 있다. 심지어 혀로 '쯧쯧!'을 연발로 차 대면서 내게 푼돈을 쥐여 주는 사람도 있었다. 나까지 농인이라고 착각하고 있을 때 사람들의 반응은 더더욱 강렬하고 자극적이다. 마치 우리가 동물원 우리 안에 갇힌 무엇으로 보이는 건지, 속옷만 입은 예의 없는 속말들을 아무렇지도 않게 꺼내 놓곤 한다. '젊은 여자가 얼굴은 반반한데 아깝네' '이런 애들이 옆집 살면 시끄럽진 않아 좋겠다' '얘네는 깜깜할 땐 어떻게 얘기할까?' 등등. 대체 무슨 근거로 그런 말을 함부로 내뱉어도 된다고 생각하는 걸까? 우리는 '아줌마! 그렇게 뚱뚱해서 사는 게 얼마나 불편하세요?' 이런 말을 속으로만 하지 절대 입 밖으로 내던지지 않는데도 말이다. 부조리하다. '다름'을 인정하지 못하는 데에는 두려움이 있기 때문이라고 책에서 봤는데 대체 뭐가 두려워서 저런 식의 인신공격을 해 대는 건지 모르겠다.

그러거나 말거나 그렇게 살아온 지 17년. 17년이면 결코 짧은 세월이 아니기 때문에 나도 나름 이력이 붙었다. 이름하여 코다로서의 이력 말이다. 그래서 예의 없는 사람들을 대하는 노하우도 있고 나를 동정으로 바라보는 사람들에게 '반사!'를 할 줄 아는 독특한 멘트도 있다. 그것도 다양한 버전으로. 그만큼 내 위치를 내 삶 안에서 통째로 받아들일 자세가 되어 있다는 소리다. 말 그대로 이젠 내가 코다인 게 새삼스러운 일이 아니다. 17년이나 매달려 있던 자기 팔을 보면서 어느 날 새삼스럽게 '어? 내 팔이 여기 달려있네? 왜 내 팔이 여기 달린 거지? 아씨! 싫다고.' 하는 사람은 없듯이 말이다.

그랬기 때문에 사실 어제의 도망은 내게 큰 충격이 아닐 수 없다. 비록 내가 한 일이긴 하지만, 그런 식으로 엄마를 모른 척하기 위해 줄행랑을 치게 될 거라고는 정말 꿈에도 생각을 못 했다. 인간은 누구나 그 상황이 되어 보기 전엔 절대로 장담할 수 없는 거란 생각이 든다. 진희수, 걔가 나한테 그렇게 큰 의미인 거야? 익숙해진 내 삶을 다시 조립해야 할 만큼? 정말 당황스럽다.

주은이에게 그런 내 속을 진솔하게 털어 놓자 그 애 역시 의외라는 표정을 노골적으로 지으며 말한다.

"그러게? 너네 사귀는 사이도 아니고, 초딩 때 보고 얼마 전에 꼴랑 한 번 얼굴 보고 톡만 나누는 사이라며? 대체 얼마나 뻑 갔길래 다 차려 놓은 밥상을 패대기친 거야?"

"다 차려진 밥상이라니?"

"네가 예선전에서도 차고 넘치게 잘해서 다들 대상감이라고 그랬다고 국어 샘이 말하더라."

"에이, 설마! 튀고 왔으니까 괜히 하는 말이겠지."

"아냐, 오죽하면 학교에서 미리 플래카드 주문을 했다는 말이 있었겠어? 근데 걔 사진 없어?"

"누구?"

"누구긴? 상을 패대기칠 만큼 너를 홀린 그 남자애."

"아니…… 내가 가만히 생각해 봤는데 진희수 걔를 좋아해서는 아닌 거 같고……."

"그럼?"

"거짓말이 들통 나는 게 싫고 쪽팔려서 그랬던 거 같아."

"그게 그거 아냐? 걔한테 잘 보이고 싶으니까 엄마가 첼리스트라고 거짓말도 한 거고 그러니까 거짓말이 들통 나는 것도 싫었을 테고…… 그 모든 것의 결론은 하나야. 네가 걔를 좋아하는 거지."

"그런 거라고?"

"그런 건지 모를 만큼 너 둔한 애야? 아니잖아. 근데 왜 이래?"

"아니야."

"아니긴 뭐가 아니야? 사랑하였으므로 뻥을 쳤노라 이거지."

"그건 아니라고."

주은이는 사랑 때문이라고 '얼레리 꼴레리'라도 할 기세로 나를 몰아세웠지만 난 그렇게 인정할 수 없었다. 물론 구체적으로 조목조목 설명하기는 어렵지만…….

희수는 초등학교 6학년 때 모 대학에서 개설한 어린이 과학 캠프에서 만났던 애다. 미니 게임 로봇을 만들기 위해 전자 기판에 납땜을 할 때 옆자리에 앉아 있던 희수가 도와주겠다며 내게 먼저 말을 걸어왔다. 사실 난 내 힘으로 혼자 하고 싶은 마음이 컸기 때문에 단칼에 거절하고 싶었지만 그렇게 하지 않았다. 왜냐하면, 여학생들 사이에서 진희수가 인기 있었기 때문에 난 그 애의 배려가 나에 대한 호감의 표현인 걸로 보이게끔 하고 싶었다. 희수가 맘에 들어서는 절대 아니었다. 그때는 내가 대전에 살 때였는데 지방에서 온 아이라며 은근히 나를 따돌리는 같은 반 서울 여자애들에게 과시하고 싶은 마음이 컸던 것 같다. 내 자존심 회복을 위해 희수의 호의를 이용한 셈이다. 그런데 희수와 내가 납땜을 하다가 머리를 부딪치는 해프닝이 있었고 그때 나로선 약간 묘한 경험을 했다. 박치기를 한 순간, 희수는 신기하게도 자기 머리 대신 내 머리부터 문지르기 시작했다.

"괜찮아? 내 머리 무지 딱딱한데……."

게다가 머리를 박은 부분만 문질러도 될 걸 희수는 굳이 두 손을 다 써서 내 머리 전체를 쓰다듬었다. 마치 오빠라도 되듯이 걱정스러운 얼굴로 내 머리를 쓸어 주던 그 행동이 이상하게 맘에 오래 남았다. 부모님 외에 내게 그렇게 구체적으로 따스함을 전해 준 사람은 그 애가 처음이었던 것 같다. 부모님에게서도 못 느껴 보던 느낌이었다. 그건 마치 폭이 넓고 든든한 큰 나무 둥치에 앉았을 때의 안락함 내지 미더움 같은 거였다. 아마 그 애가 한 손으로 문질렀다면 그런 느낌은 덜 했을 것 같다. 아무튼, 난 그날 밤 캠프 기숙사 이층 침대에 누워서 벽에 그려진 창틀의 그림자들을 손끝으로 따라 그리면서 그 애의 두 손에서 느껴지는 감촉과 그 애 옷에서 나던 섬유 유연제 향을 기억하며 잠을 설쳤다. 하지만 분명한 건 그 애 자체에 대한 호감 때문이라기보다는 그냥 '낯선 따스함, 든든한 미더움'에 대한 설렘 때문이었다. 그래서 한참 뒤에도 그날의 기억을 떠올리면 진희수란 애보다는 그냥 내 앞에 등장한 신제품으로서의 미더운 따스함이 뭉근하게 기억에 남아 있었다.

그 애에 관한 어릴 적 기억은 그게 끝이다. 마침 희수 외갓집이 대전이라 내려오면 연락하겠다기에 서로 전화번호를 나눠 가졌다. 그 때문에 중학교 때 한두 번 문자 메시지를 나누면서 만나자고 말은 했었지만 쉽게 이뤄지진 않았다. 일단 지역적으로 서로 너무 멀었고 중학생이 되면서부터는 호르몬이 빚어내는 정체불명의 감정들에 휘둘리거나 혹은 공부 때문에 이래저래 바빠서 그 애를 기억할 틈도 없었다. 그러다 지난 1학년 2학기 여름 방학 때 현장 학습 과제를 하러 경복궁에 갔다가 광화문의 대형 서점에서 진희수와 마주쳤다.

"진희수라고 전해 주세요."

서점 안에 비치된 큰 직사각 테이블에 앉아 책을 읽고 있었는데 맞은편에 앉은 남학생이 낮은 목소리로 전화하는 소리가 들렸다. 진희수란 이름이 아니었으면 굳이 고개를 들어 바라보지 않았을 거다. 상대방이 제대로 못 알아들었는지 그 남학생은 "진……희…… 수……"라며 자기 이름을 연필로 꼭꼭 눌러 쓰듯이 말했다. 윤택한 질감의 낮은 목소리였다. 마치 자동차의 표면 같이 매끄러우면서도 견고함이 느껴지는 음성인데도 정작 말투는 어눌했다. 그런데 그 어눌함이 서투름으로 와닿기보다는 진지함 내지 성실함으로 여겨졌다. 그래서였을까? 아무튼 나도 모르게 고개를 들어 그 애를 초점 없이 바라봤던 것 같다. 보면서 그냥 내가 아는 초딩 시절의 진희수를 머릿속으로 더듬고만 있었다. 둘이 동일인이라곤 절대 생각 안 했으므로. 그런데 전화를 끊고 난 그 애가 나를 보며 비실비실 웃기 시작했다. 어눌하고도 진지한 비실 웃음으로.

"너…… 혹시 과학 캠프…… 서유나 아니니?"

"어? 그 희수?"

"응. 그 진희수."

희수는 고개를 끄덕이면서 양팔을 들어 내 머리를 쓸어내리는 손짓을 흉내 냈다. 내 머리에 그 애의 손이 와 닿지도 않았건만 그날 캠프에서의 느낌이 살아나는 것 같아서 약간 당혹스러웠다.

"넌 여기 웬일이야?"

"어? 여기…… 엄마 공연 보러."

"무슨 공연?"

"현악 3중주…… 첼로 연주하시거든."

왜 느닷없이 그런 거짓말이 불쑥 나온 건지 진짜 모르겠다. 이곳 대형 서점으로 오는 길에 세종문화회관 계단에 잠시 앉아 있었는데 그 옆에 붙은 현악 3중주 공연 포스터를 보다가 그냥 잠시 감정이입을 했던 게 화근이었나 보다.

"그럼 너 대전에서 온 거야?"

"아니. 재작년에 경기도 신도시로 이사 왔어."

그 말에 희수는 눈을 크게 뜨며 말했다. 마치 수십 년을 기다려 온 사람처럼 말이다.

"어? 그럼 우리 이제 자주 볼 수 있겠네?"

그 애가 말한 '우리'란 표현이 이상하게 내 마음에 와서 닿았다. 허공을 날아다니던 나비가 사뿐히 내 맘에 앉아서 파르라니 날갯짓을 하듯이. 그리고 그 날갯짓은 내 맘에 은근한 진동을 남기기 시작했다. 하지만 차마 '우리?' 하고 되물을 수는 없었다. 내가 느낀 '우리'의 무게와 그 애가 말한 '우리'의 무게는 다른 걸 테니까.

집으로 오는 길에 서서히 마음이 무거워지는 게 느껴졌다. 쉽게 떼어내기 힘든 겹겹이 쌓인 자석 뭉치가 마음 한가운데에 놓인 기분이 들더니 내가 한 거짓말이 족쇄처럼 내 목을 조이기 시작했다. 그 거짓말이 어찌나 생경하게 와닿던지…… 몸서리가 쳐질 정도였다. 텅 빈 광역버스 뒷자리에 앉아 차창으로 지나가는 푸른 하늘을 보고 있는 게 부담스럽기 짝이 없을 정도로. 난 참다못해 주은이에게 전화했다.

"난 대체 왜 그딴 거짓말을 했을까?"

"그러게. 그것도 웬 첼리스트? 평소에 그런 로망이 있었던 거야? 근데 너 클래식 안 듣잖아."

맞다. 내 귀에 항상 이어폰이 매달려 있긴 하지만 그건 무책임한 생활 소음을 차단하려고 듣는 음악일 뿐이지, 클래식 음악을 찾아 듣는 고급스러운 취미는 내게 없다. 그때 어렴풋이 드는 생각이 있었다. 주은이 때문 아닐까? 난 항상 주은이 엄마, 아빠가 교수라는 게 부러웠으니까. 그래서 그냥 교수님에 버금가는 직업을 찾다 보니 첼리스트가 나온 것뿐이다. 하지만 차마 그 이야기를 주은이에게 할 수는 없었다.

"그냥 재미 삼아 상황극을 한번 해 본 거 같아."

예전에 주은이하고 더러 그러고 놀기도 했었다. '난 사실 아라

비아의 공주였어'라든지, '난 도플갱어와 자주 접촉을 하고 살거든. 때론 유체이탈을 해서 서로의 인생을 살기도 해. 사실 어제 네가 만난 건 내가 아니었어' 뭐 이딴 식으로.

"엥? 그게 무슨 상황극이니? 그렇다면 기왕이면 더 재미난 거로나 하든가."

"그러게."

"그런데 말이야…… 왜 하필 개한테 상황극을 했을까? 그것도 우연히 마주친 거라며 느닷없이 왜?"

"그냥 기침처럼 불쑥 튀어나온 거라니까."

"기침이 나올 때는 분명 원인이 있거든. 몸 안에 어떤 증세가 모여서 기침이 에취! 이렇게 나오는 거지."

짝다리로 서서 건들거리며 모든 걸 다 안다는 식으로 나를 캐고 드는 주은이의 모습이 연상된다. 이쯤에서 전화를 끊는 게 정답인 것 같다.

"됐고! 그냥 우발적인 일이었을 뿐이야. 그만 끊자. 앞자리 아줌마가 시끄럽다고 자꾸 눈치 주네."

주은이 말대로 분명 원인은 있을 거다. 어릴 적에 희수에게 느꼈던 따스함 때문이었을까? 아무튼, 거짓말에 또 거짓말을 보태야 하는 나 자신에게 자꾸만 헛웃음이 지어졌다.

'웬 첼리스트?'

내가 한 거짓말이 기분 나쁜 이물감으로 다가와 급기야는 진희수란 애가 싫어질 정도였다. 그리고 내가 왜 그런 거짓말을 상황극이라고 둘러대는지 다 알면서 굳이 따지고 묻는 주은이까지도. 마치 희수와 주은이가 힘을 합쳐 내 목을 조르면서 거짓말을 하라고 시키기라도 한 것처럼 말이다. 그래서 난 애써 나 스스로에게 강요하듯 다짐했다.

'그래, 다시 안 보면 땡이지 뭐!'

진희수와 더 연락을 안 했다면 그날의 거짓말도 일회성으로 끝이 났으리라. 그런데 애석하게도 우리는 '안 보면 땡!'을 할 수 있는 환경에 놓여 있지 않았다. 운명적인 건 절대 아니고 구조적으로 말이다. 과학 문명의 발달은 우리를 부추겼다. 손에 이식된 듯한 핸드폰 덕에 우리는 너무도 쉽게 서로에게 말을 건넬 수 있었으니까.

물론 처음 희수에게 톡이 왔을 땐 한참 동안 대답하지 않았다. 양심이 그날의 거짓말을 상기시키며 나를 째려봤기 때문이다. '너! 어쩌려고?' 그래서 난 톡 따위는 절대 하지 않는 무심한 캐릭터처럼 희수의 이름 옆에 붙은 빨간 숫자를 무시했다. 한 일주일 정도? 하지만 어느 날 난 좀비한테 물린 무엇처럼 나도 모르게 톡을 열고 들어가 미친 듯이 떠들어 대기 시작했다.

사실 그날은 정말 말이 하고 싶어 미칠 것 같았다. 콸콸 쏟아지는 수도꼭지의 물을 손바닥으로 간신히 틀어막고 있는 것처럼 내 안에 고인 말들이 넘쳐나서 신경 줄을 다 꼬아 버릴 정도로 용트림을 하고 있었다고나 할까? 주은이와 싸워서 말을 안 섞은 지 며

칠이 지났을 즈음이었다. 정말 별것도 아닌 일로 다투었건만 주은이 나하고 화해할 생각은 안 하고 보란 듯이 다른 애들과 몰려다니고 있었다. 그래서 내내 기절할 정도로 우울했는데 거기에 모의고사 성적까지도 엉망으로 나와서 무력감에 사지가 절단된 것 같았다. 사지가 절단돼서 몸통만 있는 내가 꼼짝 못 하고 간신히 눈동자만 굴리고 있는데 내 옆으로 털이 북슬북슬 달린 거미같이 생긴 벌레가 음흉한 미소를 지으며 서서히 다가오고 있는 그런 기분이랄까? 그렇게 무섭고 음울한 마음을 풀어낼 실마리를 어디에서 찾아야 할지 몰라서 미칠 것 같았다. 누군가에게든 구원받고 싶은 애절함으로 우울을 길에 질질 흘리며 간신히 집에 왔다. 절절한 내 눈빛을 본 엄마가 손으로 말을 시작했다.

—너. 표정. 나쁘다. 왜?

—우울해.

—아파?

—아니.

—친구. 싸웠어?

—아니.

—공부? 힘들다. 나. 안타깝다.

—공부. 아니.

—학교. 샘. 혼났어?

—아니.

—너. 원해. 뭐?

—나. 잘게.

엄마와 이야기하고 있자니 마음이 더 답답해졌다. 마치 콘센트가 없는 빈 벽에 플러그를 들고 마구잡이로 찔러 대는 기분이랄까? 애써 손을 움직여 댄 엄마로서는 나의 이런 표현이 정말 억울할 수 있겠지만, 내겐 엄마의 말이 접촉 불량 상태의 라디오처럼 지지직거리는 잡음만 와닿는 것 같아 갑갑했다. 내 마음을 충분히 전할 수가 없었으니까.

방에 들어와 난 침대에 앉아 맘껏 소리를 질렀다. 어차피 엄마, 아빠는 못 듣기 때문에 우리 집에서 아우성 정도는 얼마든지 내 맘대로 내지를 수 있다. 발을 굴러도 되고 화풀이 삼아 책을 방바닥에 패대기칠 수도 있다. 하지만 그걸로는 기분이 안 풀린다. 태생적으로 꼬리를 언뜻 내비치고 다니면서 들키고 싶어 하는 비밀처럼 화풀이용 아우성이나 패대기 역시 관객이 필요하다. 고로 우리 집에서의 아우성은 무용지물인 경우가 많다.

난 정말로 말이 하고 싶었다. 내 안의 복잡하고도 알쏭달쏭한 감정들, 알이 꽉 찬 포도송이처럼 내 맘에 줄줄이 열려 있는 그 미묘한 마음들을 하나씩 따서 터뜨려 내고 싶었다. 누군가를 향해서 말이다.

주은이에 대한 서운함, 아마도 그건 내 열등의식에서 온 것 같은데 그 열등의식은 어쩌면 그 애가 나를 약간 무시하고 있을지도 모른단 생각에서 온 것이고. 나를 무시할지도 모른단 생각의 근거는 우리 집이 주은이네보다 못살아서 그런 걸지도 모르며 또 엄마, 아빠가 장애인이기 때문일지도 모른다. 게다가 주은이는 '과연 그럴까?' 이런 표현을 자주 쓰는데 그 말이 내게는 비아냥으로 들린다. 걔는 그게 자기 부모님의 언어 습관이어서 자기도 모르게 쓰게 된다고 변명하지만 난 그 말이 믿기지 않는다. 자기가 나보다 항상 한 계단 위에 올라서 있는 듯한 태도로 모든 이야기를 받아치기 때문에 그런 표현을 쓰는 게 아닐까? 그렇담 자기가 나보다 우위에 있다고 믿는 근거는 뭘까? 외모? 성적? 난 그 어떤 것도 그 애보다 하위에 있지 않은데……. 그리고 매번 말로는 내가 최고의 절친이라고 하면서 늘 초등학교 때 친구를 우선으로 생각하는 것 같다. 주은이는 사립 초등학교를 나왔는데 아무래도 생활 환경이 비슷한 애들끼리 공감대가 많아서 더 그런 건 아닐까? 그리고 또 요새 왜 하필 나와 싸운 적이 있는 승미랑 보란 듯이 같이 다니는 이유는 뭐지? 등등…….

하지만 그런 이야기를 어떻게 엄마한테 할 수 있으며 또 그렇게 복잡 미묘하게 감정이 얽힌 이야기를 어떻게 수어로 일일이 다 풀어 낼 수 있단 말인가? 무슨 재주로? 손을 아무리 화려하게 요동치며 흔들어 댄다 한들 거기에 담아 전할 수 있는 말은 한계가 있다. 조사도 없이 단어의 나열로 전해야 하는 수어로는 내 말을 다할 수가 없다. 물론 엄마는 구화를 하기 때문에 내 입을 보고 내 말을 들을 수는 있다. 하지만 구화는 수어의 오디오 파트를 담당하는 것일 뿐, 수어가 안 되는 구화만으로 말이 정확하게 전달되는 건 아니다.

—말해. 천천히. 오래오래.

언젠가 내가 답답해하는 표정을 짓자, 엄마는 나를 앉혀 놓고 눈을 맞추며 긴 이야기를 풀어내라고 했다. 나도 그럴 작정이었다. 하지만 신기하게도 말이 되어서 입 밖으로 나오지 않았다. 엄마, 아빠에게 이야기하려고 들면 난 늘 내 머릿속 모든 생각을 토막토막 잘라 내어 단어들로 줄을 세운다.

그게 습관이 되어 있다. 조사, 수식어, 은유, 유추 그 모든 것을 다 잘라내고 순도 높은 사실로 된 단어들만 줄 세운다. 그렇기 때문에 내 안의 엉킨 마음을 전하는 게 정말 어렵다. 나조차도 잘 모르는 그 요사스러운 마음을 어떻게 간단명료하게 전할 수 있단 말인가. 감탄사나 억양을 넣고 말과 말 사이에 점도 찍고 콧소리도 섞어야 간신히 전해질 것 같은 내 마음을 어떻게 전하지? 어쩌다가 애써서 팩트로 나열한 말들을 되돌아보면 마치 세계 문학 작품을 대충의 줄거리로만 요약해 놓은 걸 볼 때의 허망함 같은 기분이 들거나 아니면 성근 발아래로 알맹이가 다 빠져나가 아무것도 없는 텅 빈 바구니를 볼 때의 막막함이 느껴지기도 했다. 그래서 난 일부러 입꼬리를 과장되게 올려 웃으며 "할 말 없어"라고 엄마에게 말했다. 하지만 그날 난 속으로는 긴말을 늘어 놓았다.

'엄마! 사실만 늘어 놓는 것만으로는 내 말을 다 전할 수가 없어요. 엄마가 한 땀 한 땀 자잘한 보폭의 바느질로 퀼트를 하듯이 사람의 마음도 그렇게 땀땀이 말로 늘어 놓고 싶은 게 있다고요. 사이사이 감탄사도 넣고 발레리나처럼 발끝을 경쾌하게 올리는 듯한 억양도 실어서 수려한 표현으로 내 말에 알록달록한 색깔도 입히고 싶다구요. 알아요?'

엄마는 모른다. 그건 희망을 품고 진득하게 기다린다고 언젠가 알게 되는 게 아니다. 그게 내 엄마다. 그래서 난 화가 난다. 그리고 더 화가 나는 사실은 수어로 전달할 수 없어서 엄마와 대화가 안 되는 게 아니라, 엄마한테 말 할 수 없는 내용 때문이란 걸 알면서도 그게 아니라고 '수어의 한계' 때문이라며 애써 초점을 돌리고 있는 나 자신이 싫어서다. 그래서 난 희수를 상대로 거품을 뿜어내듯이 부걱부걱 말을 쏟아 내었던 것 같다.

— 앗! 미안. 그동안 폰이 고장 났어.

이렇게 거짓 변명을 앞세운 서두로 시작해서 희수에게 닥치는 대로 이야기를 했다. 서로에 대해 아는 바가 많지 않으니 할 얘기는 무궁무진했다. 학교 이야기, 친구들 이야기, 취미, 진로 이야기 등등 우리가 안 가 본 미개척지를 둘이서 말로 훑어 나가는 재미가 쏠쏠했다. 게다가 신기하게도 희수와는 말이 잘 통했다. 대다수의 남학생은 뭔가를 물으면 늘 단답형으로 스매싱하듯이 말을 끊어 내는 편인데 희수는 달랐다. 내가 던진 말을 받아 자기 식대로 해석도 하고 때로는 변형된 무엇으로 보여주면서 내가 긴 이야기를 풀어낼 수 있게 자극을 하기도 했다. 우린 마치 잘 맞는 배드민턴 커플처럼 오랜 시간 공을 주고받으며 즐길 수 있었다. 허공을 가로질러 날렵한 비행을 하는 하얀 치마를 입은 셔틀콕의 뒷모습이 얼마나 근사하던지……. 내 안에 엉켜 있었던 마음의 실이 줄줄 풀려 나왔다. 그리고 그 줄은 잘 갈무리되어 나뉜 뒤 단정하게 엮인 튼실한 밧줄이 되어 차곡차곡 쌓인다. 그러면 난 그것들을 수거해 마음의 서랍 안에 넣고 그 앞에 색인까지 붙인다. 그러고 나면 기분은 최고가 된다.

하지만 세상의 모든 일이 그렇듯이 다 좋을 수만은 없었다. 왜냐하면 희수를 상대로 거짓말을 계속해야 했으니까. 적어도 우리 부모님에 관해서는 말이다. 대기업에 다니는 아빠와 첼리스트인 엄마. 그렇게 설정을 하고 나니 그간 내가 꿈꿨던 일들을 다 현실인 것처럼 이야기할 수가 있었다. '아빠는 대기업에 다니는 분답게 바빠서 얼굴은 잘 못 보지만 대신 용돈도 많이 주고 늘 넉넉한 웃음을 보여 주는 상남자 스타일이고 엄마는 깍쟁이 같은 구석은 있지만 음악을 하는 분답게 감성이 풍부해서 나와 마음이 잘 통하고 늘 내 의견을 존중하는 편이라 간섭 말고 관심을 주는 친구 같다.' 이렇게.

거짓말을 길게 하고 싶은 마음이 없었기 때문에 부모님 이야기는 이쯤에서 그쳤지만, 그런 설정이 나로 하여금 평상시의 나와는 다른 나의 모습을 꺼내 놓게 했다. 예를 들면 이런 식이다. '희수와 같이 있을 때의 나'는 열등의식도 없고 톡톡 튀는 탄산수 같은 여자아이다. 표현도 거침없이 할 수 있고 구김살도 없으며 미래에 대해 끝없는 도전을 할 수 있는 자신감 충만한 매력녀이다. 자신감이 온몸 구석구석 배어서 누구를 만나든 어디에서든 나의 존재감이 눈에 도드라지도록 묻어나고 망설임이나 우울감 그런 건 취급하지 않는다. 늘 확신에 찬 어투라 다소 오만해 보일 수도 있지만 누군가 지적을 하면 잘못한 부분에 대해서는 바로 인정할 줄 아는 그런 유연함도 있는 애 등등 이런 캐릭터의 내가 희수 앞에서 탄생한다.

이렇게 이야기를 계속 하다 보면 어느 게 진짜 나인지 정말 모르겠단 생각이 든다. 열등의식으로 괴로워하는 내가 나인지, 아니면 자신감이 충만한 내가 나인지. 의아함으로 골똘히 생각해 본 결과, 난 둘 다 나라고 결론을 내렸다. 사람은 육면체 주사위와 같이 여러 개의 모습을 가지고 있을 거라고. 아니 어쩌면 경주 안압지에서 출토되었다던 14면체 주사위와 같을지도 모른다. 분명한 건 난 희수 앞에 있을 때의 내가 너무나 맘에 든다는 것이다. '엄마 앞에 있을 때의 나' 혹은 '주은이 앞에서의 나'보다 '희수 앞에서의 나'가 매력적이다. 그래서 난 희수와 이야기하는 게 좋았다.

희수를 좋아하는 건지 희수 앞에서 새롭게 탄생한 나를 좋아하는 건지 헷갈릴 정도다.

희수 역시 빨강 머리 앤처럼 조잘대는 내가 좋다고 한다. 희수네는 엄마가 돌아가셔서 중학생인 남동생과 아빠, 이렇게 남자 셋이서만 살기 때문에 항상 고요 속에서만 지낸다고 했다. 무덤 속 같은 고요라는 표현을 써야 할 정도라고. 그래서 내가 읊어 대는 오색찬란한 감정의 묘사들을 듣고 있으면 신세계를 보는 것 같아서 신기하고도 경이로운 기분마저 든다고 한다. 그런 이야기를 들으면 난 더더더더더 오바를 하게 된다. 머리꼭지에 축을 걸고 360도로 사정없이 회전하는 기분이 들 정도로 오바를 한다.

물론 어떤 날은 희수와 오랜 시간 톡을 하고 나면 우울한 기분이 들 때도 있다. '거짓말만 하지 않았더라면 얼마나 좋았을까?' 하는 후회 때문이다. 하지만 이미 돌이킬 수 없는 일을 너무 오래 벌였기 때문에 솔직하게 말할 용기는 없었다. 아니, 그 말을 하는 순간 난 호박 마차에서 내린 추레한 누더기 옷의 신데렐라가 될지도 모른단 두려움이 앞섰다. 난 희수 앞에서 열두 시까지가 아니라 올 나이트, 아니 평생토록 드레스를 입고 춤을 추는 신데렐라가 되고 싶었다. 그 환상적인 시간이 깨지지 않기 위해선 적당히 거리를 두기만 하면 된다. 그래서 난 희수가 겨울 방학 때 만나자고 제안했을 때도 단호하게 거절했다. 물론 나도 희수를 만나고 싶은 마음은 간절했지만 내가 한 거짓말 때문에 한 발짝 더 다가

설 수 없었다. 경고를 받았음에도 불구하고 태양 가까이 가서 결국 날개가 녹아 버려 죽게 되는 멍청한 이카로스의 신세가 되지 않기 위해서.

　하지만 아무리 그랬어도…… 토론 대회 본선을 앞둔 중차대한 시점에 그깟 거짓말을 연명하기 위해 그런 엄청난 행동을 하게 될 거라곤 상상도 못 했다. 희수나 엄마가 나를 응원하기 위해 그 자리에 나타나지만 않았더라도 그런 일은 없었을 텐데……. 왜 하필 그날이 희수네 학교 개교기념일이었던 거지? 대체 엄마는 왜 오지 말라는 내 부탁을 안 들어준 거지? 엄마의 자식 사랑은 오로지 자기만족을 위한 거 아냐? 나로서는 이미 일어나 버린 일을 머릿속으로 수없이 돌이키면서 '일어나지 않았더라면 얼마나 좋았을까'를 아쉬워하는 일밖에 할 일이 없었다.

# 전과 같을 수 없는 후★

그 일, 그러니까 엄마를 피해서 도망친 그 일로 내겐 방아쇠를 당긴 것과 같은 효과가 생겼다. 방아쇠가 당겨지기 전과 후는 완전히 다르다. 총알이 날아와 어딘가에 '콱' 하고 박혔다는 건 엄밀하고도 완벽한 현실이니까. 구체적인 형태를 가진 총알이 날아와 내 안 어딘가에 존재하고 있는 한 죽어도 그 전과 같아질 수는 없다. 내가 아무리 무시하고 못 본 척해도 박혀 있는 총알은 자기 존재감을 드러낸다. 눈에 보이지 않을 정도로 작은 가시조차도 손에 박히면 조용히 그러나 꾸준하게 자기 존재를 드러낸다. 하물며 알이 굵고 견고하고 단단한 총알이야 오죽하겠냔 말이다.

일단 엄마와의 사이가 껄끄러워졌다. 시작은 미안함 때문이었다. 그날 엄마를 피해서 도망쳤다는 죄책감 때문에 난 엄마의 눈을 피했다. 그리곤 생활에 필요한 모든 이야기는 문자로만 했다. 왜냐하면 엄마와의 모든 대화는 눈을 봐야 가능하기 때문이다. 물론 그날 오지 말라고 했음에도 불구하고 기어코 그곳에 나타난 엄마에 대한 서운함도 적지 않았다. 하지만 그건 쉽게 꺼내 들고 흔들어 대며 비난할 수 없는 종류의 일이다. 앞서도 말했듯이 엄마의 일방적인 사랑의 표현은 우리 집에서는 절대 거절해서는 안 되는 것이니까. 그래서 그 일은 그냥 나 혼자서 꿀꺽 삼켰다.

대신 다른 종류의 억울함이 거대한 파도로 밀려와 죄책감을 흔적도 없이 다 덮어 버리기 시작했다. 명분이 분명한 나의 억울함은 너무도 기세등등해서 죄책감 따위는 이름도 못 내밀 지경이 되었다. 그래서 그 뒤로는 너무나도 화가 나서 엄마와 눈을 맞추며 이야기할 수가 없었다. 누구에 대한 분노냐고? 평범하지 못한 내 존재, 그로 인해 벌어진 예사롭지 않은 일들……. 머릿속에 양손을 넣고 피가 나도록 박박 긁고 싶은 기분이 들 만큼 무지막지한 분노가 내 피부의 솜털처럼 촘촘히 맘에 박히기 시작했다. 물론 그럴 만한 계기가 있었다.

그 일이 있었던 바로 그 주 주말 저녁, 모의고사 준비를 하느라 늦게까지 공부를 하고 있었다. 내가 제일 어려워하는 수학 때문에 신경이 곤두선 채 문제를 풀고 있었는데 거실에서 계속 이상한 소리가 났다.

톡톡톡톡.

틀림없이 엄마가 내는 무책임한 소음일 게다. 난 짜증이 나서 샤프를 손에 쥔 채로 책상을 두들기며 투덜댔다.

'아 쫌! 그만하지.'

하지만 언제나 그렇듯이 내가 낸 짜증은 문제 해결에 아무런 영향을 못 미쳤다. 그냥 내게로 하릴없이 돌아오는 독백 같은 짜증일 뿐이다. 엄마, 아빠는 당신들이 내는 무책임한 생활 소음을 못 들으니 관리할 능력 또한 전혀 없다. 고로 나의 짜증에도 반응할 리 없다. 난 소음을 이겨내기 위해 이어폰을 귀에 끼고 음악의 볼륨을 높였다. 하지만 아무리 소리를 높여도 음악 소리를 밀치고 들어온 고약한 소음은 내 귀를 계속 자극했다.

탁탁탁탁.

톡에서 탁으로 소음은 자체 진화를 하며 발광하듯 높아져만 간다. 난 참다못해 주방으로 튀어 나갔다. 내일 아빠가 야유회를 가기 때문에 엄마는 아빠의 도시락 반찬을 준비하고 있는 중이다. 아빠는 지금 중국집 요리사로 일하지만 원래는 화가가 꿈이라서 농인들의 화가 동호회인 농미회 회원으로 활동하시는데 내일 그곳에서 정기 야유회를 가신단다. 도마 밑에 쇠로 된 S자 고리가 걸려서 스테인리스 바닥을 치면서 무식한 굉음을 내고 있다는 걸 엄마는 전혀 모른 채 치열하게 도마질을 하고 있다. 난 주방으로 뛰어가 엄마가 쓰고 있는 도마를 번쩍 들어 S자 고리를 빼내 식탁 위에 놓고는 뒤돌아 방으로 향했다. 난 그냥 문제를 해결했을 뿐이다.

"어!"

엄마의 비명 같은 외침을 듣긴 했지만 무시했다. 아마도 놀랐다는 표시이리라. 나의 등장을 예고하지 않고 바로 행동했으니까. 뒤이어 이런저런 예사롭지 않은 소음들이 이어지는 것 같았다. 하지만 난 애써 무시하기 위해 다시 이어폰을 귀에 꽂았다. 그런데 잠시 뒤 누군가 내 등짝을 호되게 내리쳤다. 아빠다.

—뭐야!

—뭘?

—엄마. 손.

내가 불쑥 나타나 도마를 빼는 바람에 놀란 엄마가 손을 벤 것이다. 엄마에게 사과해야 할 타이밍이란 건 알고 있었지만 그렇게 할 수가 없었다. 아니, 하고 싶지가 않았다. 내 안에서 일어선 바늘 끝 같은 뾰족한 분노가 나를 사정없이 찔렀기 때문에 엄마의 아픔 따위는 눈에 들어오지 않았다. 분노가 이성을 장악하고 있을 때 사람은 누구나 자기의 고통만 눈에 보이기 마련이다. 난 아빠에게 따지듯 손을 들어 말했다.

—진짜. 아파.

이건 엄밀히 말해 폭력이다. 정말로 머리끝이 쭈뼛 서도록 등짝이 얼얼했으니까. 아빠는 자기 손이 맵다는 걸 전혀 모른다. 평상시에 수어를 하기 위해 내 어깨를 치거나 잡을 때도 자신이 얼마나 우악스럽게 잡는지조차 아빠는 모른다. 물론 그 사실을 정확하게 일깨워 주지 않은 나한테도 책임은 있을 테지만, 어깨를 치거나 잡는 일은 아빠에겐 수어의 일부이기 때문에 번번이 지적할 수가 없었다. 우리 집에서 수어는 보호받아야 하는 최우선의 무엇이니까. 언젠가 한번은 내가 아프다고 얼굴을 찡그린 적이 있었는데 그때도 아빠는 너무나도 단호한 표정을 지으며 말했다.

　─농인. 말하다. 친다. 당연하다.

　난 단지 살살 치라는 이야기였는데 아빠는 이런 식으로 정색을 했다. 마치 자신의 권리를 내가 침해라도 하려고 든다고 생각한 건가 보다. 오해를 풀기가 번거로워 그 뒤로는 그냥 감수했다. 아니 번거로워서라기보다는 그냥 감수하는 역할이 내 몫인 것 같아서다. 우리 집에서는 이런 일이 정말 많다. 하지만 등짝의 통증 정도야 일도 아니다. 내가 정말 화가 난 이유는 다른 데 있다. 우리 집에는 쌍방과실의 개념이 전혀 없다는 점 때문이다. 엄마가 낸 소음 때문에 내가 받은 고통에 대해서는 왜 언급조차 없는 거지? 모르고 낸 소리라고 해서 늘 나만 감수해야 하는 건가? 언제까지 이렇게 불공평해야 하는 거지? 난 언제까지 두 분의 장애를 혼자서 감내해야 하는 거지? 목까지 차오른 억울함에 나도 모르게 비아냥거림이 터져 나왔다. 물론 수어는 하지 않았다. 다만 들키고 싶은 혼잣말이라 천천히 말했을 뿐.

　"어. 찌. 라. 구?"

　내 입을 읽은 아빠의 눈이 놀라움으로 커진다. 아빠의 눈은 '설마' 이런 말을 하고 있다. 하지만 난 평상시처럼 아빠의 얼굴에 그려진 말을 읽지 않았다. 난 여전히 '어쩌라구' 하는 표정을 짓고 있었다. 그러자 아빠는 손을 들어 말했다.

—너. 엄마. 사과해.

—…….

—왜. 안 해?

난 아빠의 질문에 대답할 의사가 전혀 없었다. 고로 난 몸을 돌려 바로 밖으로 나갔다. 신을 발에 꿰차면서 '이 밤에 어딜 가려고? 뒷일은?' 이런 걱정을 머릿속에 그리긴 했지만 이미 내 몸은 집을 벗어난 뒤였다.

엄마가 낸 소음에 대한 사과는 일절 없으면서 내가 소음 제거를 하려다 생긴 실수에 대해서만 다그치려 든다는 게 억울했다. 늘 이런 식이다. 이 일은 빙산의 일각, 아니 빙산 위의 먼지 같은 일일 뿐이다. 사소한 상징이랄까? 그날 박힌 총알이 이런 식으로 자기의 존재를 사소한 상징을 앞세워 드러내고 있다. 정말 화가 나는 건 이 상황에서도 확실하게 대들 수가 없다는 점이다. 우리 집에선 난 약자가 아니다. 나는 부모의 어린 자식이면서도 일정 부분에서는 늘 부모를 보호하고 이끌어야 하는 말할 줄 아는 강자다. 그러므로 안 들리고 말 못 하는 엄마, 아빠를 상대로 대드는 건 비겁한 행위이므로 할 수 없다. 아니, 해서는 안 되는 거로 세뇌당했다. 세뇌는 누군가의 멱살을 잡고 강제로 머릿속에 그 사실을 처넣는 것만이 세뇌가 아니다. 자연스럽게 스며드는 세뇌라는 것도 있으니까.

단지 내 귀가 들린다는 이유 하나로, 내가 듣고 말한다는 이유 때문에 엄마, 아빠와 공평하게 가위바위보를 해 본 적도 없다. 나는 늘 태생적으로 보를 내야 했고 엄마, 아빠는 장애가 있다는 이유 하나로 늘 가위를 내면서 내게 부탁하고 의지했다. 내가 아주 아주 어릴 적부터 그래 왔고 주변 사람들도 누구든 나를 보면 그래야 한다고 주억거렸다. 아니, 내가 태어났을 때 이미 엄마, 아빠는 가위의 자리를 선점하고 앉아 있었다.

'부모님이 장애인이시니 네가 잘해야 한다.'

난 잘해내야 할 숙제를 안고 태어난 아이다. 간신히 말을 배운 그때부터 엄마, 아빠의 수어를 입말로 바꿔 전하는 숙제를 해야 했다. 동네 친구들하고 나가 뛰어노는 일조차도 자유롭게 하지 못했다. 숨바꼭질을 하는 중인데도 가슴을 졸이며 숨어 있는 나를 엄마는 아무렇지도 않게 끄집어내서는 당신 말을 전하라고 시켰다. 그렇기 때문에 편을 짜고 노는 놀이에서도 난 늘 시시때때로 이탈해야 했다. 그런 일이 빈번해지면서 아이들은 서서히 나를 놀이에서 제외시켰다. 아이들로부터 열외가 된 나는 어디든 끼어들어야 한다는 소속 본능 때문에 자발적으로 어른들 사이에 끼여 앉아서는 훈수 두는 일에 재미를 붙이기 시작했다. 동네 아줌마들 뒷담화, 전기세 이야기, 반찬거리 이야기, 드라마 이야기 등등. 재

미는 저절로 솟아나는 샘물 같은 것이어야 하지 땀나게 풀무질을
해서 불붙게 하는 무엇이 아닌데도 말이다. 덕분에 사람들에게 조
숙하단 소리를 자주 들었다. 다들 무슨 엄청난 칭찬인 양 내게 조
숙하다고 말들을 했지만 난 조숙이 필요에 의해 억지로 피운 꽃이
나 카바이드로 익힌 홍시와 같단 생각이 들어서 그리 좋게 들리지
는 않았다. 난 부모님의 부록 같은 아이였다.

　일은 계속 꼬일 준비를 하고 있었나 보다. 내 호출을 받고 나온
주은이는 평상시와 달랐다. 나를 위한 배려나 호의는 전혀 갖고
있지 않았다. 주은인 내 이야기를 듣자마자 토를 달았다.
　"야! 그래도 넌 부모님 잔소리 덜 듣잖아? 다행인 줄 알아."
　위로를 받고 싶어서 내 발로 찾아왔건만 주은이는 전혀 위로를
할 자세가 아니었다. 사실 빌라 입구로 걸어 나오는 주은이를 멀
리서 보는 순간부터 왠지 빈정이 상했다. 윤택함이 줄줄 흐르는
듯한 체크무늬 면티를 입은 모습이 나를 자극했고 그냥 막연하게
불공평하다는 생각이 존재감을 드러냈다. 물론 말이 안 되는 감정
이란 건 잘 알지만 주은이를 만날 때마다 익숙하게 동반되는 감정
이라 서둘러 내 안에 구겨 넣고 무시했다. 그렇게 난 애를 썼건만
주은이는 나에게 최선을 다해서 위로를 해 줘도 모자랄 판에 '다
행인 줄 알라'는 말을 하다니 정말 뭘 몰라도 한참 모르는 말이다.
다른 애들은 엄마나 아빠가 잔소리를 퍼부으면 한 귀로 듣고 흘릴

수도 있겠지만, 솔직히 나같이 농인 부모를 가진 애들은 그게 불가능하다. 왜냐? 날아다니는 소리로 잔소리를 듣는 게 아니니까.

"신주은, 그딴 소리 하지도 마!"

"그래도 소리를 고래고래 지르는 우리 아빠보다야 훨 낫겠지!"

"낫긴? 귀는 딴청을 하기 쉽지만 눈으로 보는 말은 딴청이 쉽지 않아. 수업 시간에 선생님 이야기를 열심히 듣는 척하면서 머릿속으로는 얼마든지 다른 상상을 하기 쉽지만 눈으로 보는 말은 그게 안 되거든?"

경험해 보지 못한 사람들은 이해하기 어렵겠지만 진짜다. 귀에는 눈이 안 달려 있어서 듣는 건지 안 듣는 건지 잘 티가 안 나지만, 눈으로 보는 말은 보면서 눈빛이 모든 걸 다 말해 주기 때문에 티가 금방 난다. 눈빛은 어수룩한 유치원생 같아서 웬만하면 다 들통이 나게 되어 있다. 게다가 눈으로 봐야 하는 잔소리는 이미지로 남기 때문에 그 잔상이 마음속에 더 오래 남는다.

"과연…… 그럴까?"

"그렇거든?"

농인과의 대화는 다 눈을 마주치고 해야 한다. 귀를 못 쓰는 대신 눈과 손과 입 모양 그리고 얼굴 표정까지 다 읽어야 한다. 게다가 다른 일과 동시다발적으로 하는 게 불가능하다. 말할 때는 오로지 말만 해야 하기 때문에 밥을 먹다가도 엄마가 뭘 물으면 수저를 내려놓고 손과 입과 표정과 또 동원할 수 있는 모든 걸 다 동원해야 한다. 시야가 차단된 원거리 대화? 그런 건 우리 집에 없다. 이외에도 일반 가정과 다른 많은 애로사항을 늘어놓았건만 주은이는 쉽게 나가떨어지지 않고 응대한다.

"뭐…… 그렇다니 그럴 수도 있겠네. 근데 그래도 소리가 주는 공포도 만만찮은 거거든? 공포 영화 볼 때 소리가 안 나면 훨씬 덜 무섭잖아."

"물론 무음이니까 덜 무서운 건 분명 있겠지."

"거봐. 너야말로 잘 모르는데 울 아빠가 소리를 지르면 머리끝이 삐쭉 서는데 딴청이 쉬운 줄 아냐? 존재 자체가 부정당한 기분이라서 아예 일시적으로 무뇌아가 돼 버린다고. 어제도 딴 일 땜에 좀 늦었는데 다짜고짜 어찌나 버럭 소리를 지르는지 겁나 쫄아서 그냥 학원 보충했다고 뻥쳤는데 바로 뽀록나서…… 세상에 무슨 집구석이 도무지 대화가 안 돼. 있잖아…… 사실은……."

주은이는 평소답지 않게 진저리를 치며 자기 집에 대한 불평을 늘어놓으려 했다. 하지만 난 주은이의 진저리가 하나도 가슴에 와닿지 않았다. 최고의 지성인인 교수 엄마, 아빠를 둔 애의 푸념은 내 것과는 급이 다를 것이다. 내 것의 고통이 더 크므로 난 더 아픈 자의 권리로 주은이의 말을 끊었다.

"잠깐! 근데 너…… 무서운 거보다 더 무서운 게 뭔지 알아?"

"뭔 소리야?"

"무서운 거 보다 더 무서운 건 무서워할 수조차 없다는 거야."

"……."

"나도 너처럼 거짓말도 하고 대들기도 하고 엄마, 아빠한테 개기기도 하고 싶은데 그걸 못 한다고. 원천봉쇄라고 알아?"

그때였다. 주은이가 갑자기 발딱 일어서더니 아주 뚫은 표정으로 말없이 나를 내려다봤다. 주은이의 눈에 적의가 끓고 있는 것처럼 보여서 순간 '얘가 혹시 나를 한 대 치려는 건 아닐까?' 하는 황당한 생각이 들 정도였다. 처음 보는 주은이의 낯선 표정이라 나는 얼른 상황을 무마시키려 했다.

"아 참, 너 좀 전에 무슨 말 하려고 했던 거야?"

하지만 주은이는 내 말에 대답 대신 팔짱을 낀 채로 침이라도 뱉어내듯이 욕을 했다.

"지랄!"

"뭐?"

"해! 하면 되잖아. 하라구! 너도 부모님한테 개겨. 하면 되지 뭐 그렇게 핑계가 많아?"

"그게 왜 핑계야?"

"너 모르나 본데…… 넌 맨날 너네 엄마, 아빠를 내걸고 무기 삼아서 떠벌린다구."

"뭐?"

무기로 삼아 떠벌리다니? 솔직히 이해가 안 가는 말이라 무슨 생각을 해야 할지조차 모르겠지만, 아무튼 분명한 건 한 대 된통 두들겨 맞은 기분이었다. 머릿속이 얼얼할 정도로.

"솔직히 조건은 다 비슷한 거 아니냐? 웩웩거리는 우리 아빠나 못 듣는 너네 엄마, 아빠나 부모님이 이혼해서 할머니랑만 산다는 지수나 형제자매가 바글바글해서 숨 막힌다는 승미네나 둘러보면 다들 결격 사유 하나씩은 가지고 있는데 왜 너만 자랑질이야? 너도 개기고 싶으면 개겨. 착하든가 아니면 착하지 말든가 둘 중 하나만 하지 왜 착해야 하는 네가 싫다고 떠벌리는 거야?"

"자랑질이라니? 너 지금 반어법으로 말하는 거야?"

"반어법이 아니라 역설법이야. 넌 네 고통을 자랑질한다고. 뭐가 그렇게 유세야? 너만 아프니? 너의 그 투정, 지겨워!"

그러더니만 주은이는 빨딱 일어나 자기 집으로 들어가 버렸다. 이건 뭐지? 기분이 싸해지는 순간이었다. 고통을 자랑한다고? 세상에 고통을 자랑삼는 사람도 있나? 이런저런 생각이 머릿속을 드나들었다. 주은이가 사라진 그 자리에 혼자 멍청하게 서 있는 나를 경비 아저씨가 멀리서 바라봤다. 아무 생각 없이 그냥 바라보는 게 분명할 텐데도 괜히 무안해졌다.

경비 아저씨마저도 나를 비난하고 있다는 기분이 터무니없이 들어 주은이네 빌라 단지를 도망치듯이 빠져나왔다. 하긴 터무니없는 생각이 아닐지도 모른다. 어차피 저 아저씨는 입주자 편일 테니까. 자기 편은 그때그때 필요에 의해 정해진다. 사람들은 냉정하게 사리 분별하고 올바른 가치를 앞세우면서 편을 들지 않는다.

거대한 쇠문으로 된 빌라 입구를 통과하며 돌아본 주은이네 복층 빌라가 오늘따라 유난히 위압적으로 느껴졌다. 내 집이 아닌데도 친한 친구의 집이라는 이유만으로 은근한 자부심으로 바라보던 적이 있었던 그 복층 빌라가 그 순간엔 나를 야멸차게 밀어내는 기분마저 들어 처참했다.

밤거리를 걸으면서 난 두 가지 생각을 건너다니며 왕복 달리기를 했는데 주은이의 이야기가 묘하게 설득력이 있단 생각이 들기도 하고 한편으론 '자기는 편하게 살면서 내 고통을 들어줄 아량도 없는 싸가지 없는 계집애'라는 생각에 야속함이 불쑥불쑥 치밀기도 했다. 그렇지만 그날 밤 잠자리에 들기 직전에 최종적으로 내 마음에 남은 앙금 같은 생각은 단 한 가지뿐이었다. 자존심이 무지하게 상한다는 거다. 주은이의 마지막 대사만 기억에 남아 나를 계속 후려쳤다.

"지겨워!"

아무리 친한 친구라 해도 나의 흉터는 나만의 흉터로 남을 뿐이란 생각이 들었다. '고통을 나눈다'고? 세상에 그런 말은 있지만 실제로 그런 일은 있을 수 없단 결론이 선다. 그 말은 관념만 있을 뿐 실체는 없는 무엇이다. 고통은 고통을 가진 자만의 몫이다.

'결국 내 상황이 지겹단 거겠지.'

고통을 가져보지 못한 자가 어떻게 고통을 가진 자의 마음을 이해할 수 있겠냔 말이다. 똑같은 증세의 치통을 앓아도 사람마다 아픔의 강도는 다 다른 법인데 하물며 그걸 겪어 보지도 못하고 심지어 어려움이라곤 씨알만큼도 겪어 본 적이 없는 주은이야 오죽하랴. 어쩌면 주은이가 그동안 나의 친구였다는 것 자체가 말이 안 되는 일이었다는 결론까지 선다. 그래서 끼리끼리 놀아야 한다는 말이 있는 거구나, 생각하며 마음속에서 주은이를 잘라내기 시작했다. 이별의 시작을 알리는 상징적인 말을 소리 내어 외치기도 했다. 나 자신에게 각인시키기라도 하겠다는 듯이 말이다.

"신주은, 넌 이제 아웃이야!"

누군가와 결별을 하겠다는 결심은 처음엔 묘한 쾌감으로 시작한다. 멍게의 알싸한 맛이 입안에 도는 기분이 들기도 하고 온몸의 핏줄들이 냉동 칸에 들어갔다 나온 듯이 싱싱해진 기분이 들기도 한다. 뇌에서는 찰랑찰랑 은박지 접히는 소리가 나고 차가워진 가슴은 어떤 고통도 다 이겨낼 수 있을 만큼 강인해진 기분이 든다. '복수는 나의 힘'이란 말이 괜히 있는 게 아니다.

하지만 애석하게도 이 모든 증세는 절대 오래가지 않는다. 백 퍼센트 증오심만 갖게 되는 관계에선 다르겠지만, 애증의 관계일 경우엔 쾌감의 감정은 서서히 변질된다. 세상의 모든 처음은 반드시 중간으로 가기 마련이라 중간으로 시간이 흐르면 언제 그랬냐는 듯이 모든 게 후줄근해진다. 쾌감이나 싱싱함, 강인함 등은 다 허세에 불과했다. 주은이를 기억 속에서 잘라내면 낼수록 아프고 힘들고 그리고 비참해졌다. 주은이와 더 이상 시간을 공유하지 못

한다는 것에 대한 아픔보다는 마치 내 안에 주은이가 이식되어 있다가 잘려나간 기분이 들었다. 생살이 잘려 나갈 때의 통증이 동반되었고 그 뒤엔 내 존재의 일부가 뭉개진 것 같았다. 한쪽 귀퉁이가 무너져 내린 강둑 같은 나 자신을 떠올리며 어쩌면 주은이가 나의 자부심이었는지도 모르겠단 생각이 들었다. 하지만 난 애써 그 사실을 무시했다. 아무튼 전에는 엄마, 아빠로 인해 겪게 된 나의 고통의 내용이 조목조목 아팠는데 이제는 내가 그런 특수한 상황을 가진 아이라는 그 사실이 더 아팠다. 그렇지만 않았더라면 이런 일조차 없었을 테니까. 하지만 내게 항상 결론처럼 남는 생각은 한 가지였다. 지독한 배신감. 상처는 가장 가까운 사람에게 받는 거라고 들었는데 그 말이 정말 맞았다. 가장 친하다고 믿었던 친구가 어떻게 그런 소리를 내게 할 수 있는 건지 자존심이 상해서 미칠 것만 같았다. 그래서 주은이가 죽도록 미워지기 시작했다. 애증이란 건 원래 그런 거니까.

안 좋을 땐 모든 게 더 안 좋아지기 마련인지, 주은이와의 일 때문에 부모님에 대한 원망은 배가 되었다. 이 모든 건 엄마, 아빠 때문에 시작된 일이니까. 아니, 엄마, 아빠뿐 아니라 나를 이 지독한 모멸감 속에 빠뜨린 모든 사람이 다 싫었다. 그리고 모든 사람이란 나를 제외한 이 세상 모두 다인 것 같은 극단적인 기분도 들었다. 가끔씩 희수에게 이렇게 아픈 나를 덜어내고 싶었지만 그 일 이후 내가 '잠수'를 선포한 중이라 쉽게 연락할 수 없었거니와 그

보다는 내가 만들어 놓은 거짓말 벨트에 내 몸이 묶인 터라 희수에겐 한 발짝도 더 나갈 수 없는 처지였다. 그래서 더 외로웠다. 거짓말이라는 무거운 돌에 묶여 바닷속으로 가라앉을 수밖에 없는 나를 상상하며 힘들어 했다. 그렇게 억울함에 치받혀 엄마, 아빠와 말을 안 섞고 2주 이상을 보냈다. 그래도 다행인 건 마침 기말고사를 앞두고 있던 터라 엄마, 아빠도 나의 행동을 '학업 스트레스로 인한 발작성 신경질' 정도로 여기고 그런 나를 조용히 묵인했다.

서서히 부모님에 대한 미안함과 죄책감이 고개를 들려는 순간 또 다른 사건이 벌어졌는데 그 일은 나로 하여금 죄책감 쪽으론 아예 눈길조차 주지 않게 만들었다. 악순환의 정점이랄까? 종례 시간에 담임 샘이 나를 불렀다. 하필이면 아이들이 진로 관련 설문 조사지에 답을 적어 내느라 이례적으로 조용한 그 와중에 말이다. 선생님은 내게 엄청난 특혜라도 준다는 듯이 의기양양하게 생색을 내면서 말했다.

"유나야, 이거 네가 찍자."

선생님이 내민 프린트를 들여다보니 경기도 내 시범 학교 홍보용 동영상을 찍기 위한 시놉시스였다. 여러 파트가 있었는데 그중에서도 '여러 가지 언어로 말하기' 주제에서 '수어로 말하기'의 대목을 담임이 손가락으로 꼭 짚고 있다.

"이걸 저보고 하라고요?"

"어."

담임은 눈과 입을 다 동그랗게 만들어 대답한다. 난 속으로 외쳤다. '미쳤군!' 학내는 물론 교외로까지 나가는 동영상을 찍고 싶은 생각은 죽어도 없다. 내 머릿속에는 이미 담임에게 따지고 싶은 대사가 한 줄로 쭉 써진다.

'우리 엄마, 아빠가 농인이라는 걸 이제 나한테 광고라도 하라는 거예요?'

원색적이고도 노골적인 말로 이렇게 따질 수 없으니 예의 바르게 거절했다.

"싫습니다."

"왜?"

"그냥요."

"그냥이라니? 이건 너밖에 할 수 없는 거야."

"그래도요."

"어머머! 그래도라니? 다른 애들이 못 하는 수화를 네가 한다는데 자부심을 갖고 해야지."

담임의 목소리 톤이 올라가서인지 아이들의 자잘한 웅성거림마저도 잦아들었다. 모든 애들이 나와 담임의 대사에 귀를 기울이고 있었다. 그 사실 때문에 얼굴이 화끈거리기 시작했다. 사실 우리 부모님에 대해서는 아는 애들보다는 모르는 애들이 더 많다.

"너 혹시……."

"네?"

혹시 다음에 나올 뻔 했던 말이 뭔지 알 것 같아서 나도 모르게 표정이 일그러진다. 그리곤 이야기가 더 길어지기 전에 들어가야겠단 생각으로 몸을 획 돌렸다. 그러자 담임 샘이 톤을 높인다.

"서유나! 내 말 안 끝났는데 뭐 하는 짓이야?"

"하기 싫습니다. 선택할 자유는 있잖아요."

공손함이 들어 있지 않은 말투가 고스란히 담임에게 전해졌나 보다. 담임 샘은 갑자기 얼굴이 붉으락푸르락하더니만 급기야 정말로 진심으로 안 듣고 싶은 이야기를 너무도 당당하게, 목청도 높게 떠들어 대기 시작했다.

"청각 장애를 겪으시면서도 부모님이 널 이렇게 훌륭하게 키워 주셨는데 그걸 감사해 하고 수화를 할 줄 아는 것에도 사명감을 가져야지. 그걸 창피해한다는 건 부모님을 모욕하는 일이지. 안 그래?"

머리끝에서 발끝까지 전신이 화끈거리는 걸 느꼈다. 훌륭하게 키워 주셨다니? 우리 학교에 나 같은 애들이 거의 다인데 왜 나만 훌륭하게 컸다는 거지? 설마 진짜 나만 훌륭한 거야? 그건 아니잖아? 결국 장애인의 자식 치고는 잘 자랐단 소리 아닌가? 고등학교 교실에서 굳이 저런 식의 초등학교용 대사를 날리는 건 무슨 저의람? 모르는 애들이 더 많은 사실을 굳이 저렇게 까놓고 이야기할 게 뭐냐고! 난 담임이 정말 미웠다.

울고 싶었지만 자존심상 차마 울 수는 없고 그렇다고 아무렇지 않은 척도 할 수 없어 어정쩡한 표정을 짓고 서 있었다. 모르긴 해도 분명 내 입가엔 썩소가 안착해 있었으리라. 그런 나의 상태를 알 법도 하건만 담임 샘은 배시시 웃으시며 또 한 번 폭탄을 날린다. '깐 이마 또 까기'라도 할 작정인 듯이.

"그러니까 할 거지? 우리 학교에서 수화 하는 애가 너밖에 없거든."

담임은 볼펜 뒤통수를 꾹 눌러서 종이 위에 내 이름을 적기 시작했다. 그리곤 나만 들릴 만한 작은 소리로 이런 말도 날린다.

"얘얘, 그것도 능력인데 싫어도 그냥 쿨하게 멋있는 척하면서 함 해 봐."

역시 담임은 모르는 게 아니다. 내가 왜 하기 싫어하는지도 알고 내 입장에서는 하기 싫을 수도 있다는 것까지도 다 안다. 그럼에도 불구하고 동영상 제작에 필요하니까 그냥 하라고 강요하는 거다. 자신이 미리 답을 정해 놓은 채 상대방에게 묻는 대화는 진정한 의미의 소통이 아니거늘. 이건 교육의 일환으로 학교 행사에 협조하라고 내게 권유하는 게 아니라 상명하복으로 무조건 따르라는 것이다. 날렵한 손놀림으로 내 이름을 적는 선생님의 숱 없는 머리꼭지를 바라보면서 난 그날 교육청에서 도망쳤던 것처럼 이 자리에서 도망칠 수 있다면 얼마나 좋을까를 막연하게 생각했다. 기회가 닿는다면 필사의 탈주를 하고 싶다. 어떤 식으로든 내게 씌워진 이 운명의 걸쇠를 빼내고 홀가분하게 도망치고 싶다는 욕구를 치열하게 느꼈다. 평범한 다른 아이들은 느껴 보지 못했을 책임감, 죄책감, 채무감, 그런 것들로부터 벗어나 자유롭게.

아무튼, 그날 교육청에서 도망친 그 일은 내게 '언제든 도망칠 수도 있다'는 가능성을 알려 주었다. 그리고 한 번 한 일은 두 번도 가능하며 한 번이 어렵지 두 번은 쉽다는 것까지도. 총알은 그런 식으로 자기의 존재감을 보여 주었다.

# 나다워지는 법 ★

"너네 둘만 유난스럽게 대체 왜 그래? 딴 애들은 다들 좋다구 난
리 버거지인데……."

결국 동영상 문제로 학년 주임 앞에까지 왔다. 나는 입을 질끈
닫고 눈동자만 진지하게 굴렸다. 절대 입은 안 열 생각이다. 무슨
말을 해도 다 말꼬리가 잡힐 게 뻔하니까. 말꼬리에 그럴싸한 논
리를 덧입혀서는 나를 설득하려 들 게 뻔하다. 헤드록을 걸어 자
연스럽게 항복을 외치게 만들 듯이 말이다. 학년 주임은 달변가
로 유명하다. 뻗대는 모든 아이들을 몇 마디 말로 다 굴복시킨다
는 전설을 가진 인물이다. 문과 체질이라고 줄곧 믿고 살아온 애
를 이과생으로 순식간에 돌변시키고 목숨과도 바꿀 수 없는 연인
이라 헤어질 수 없다고 우기는 애를 한순간에 끌어내려 대번에 남

친과 차가운 이별을 고하게 만드는 재주까지. 덕분에 학부모님들의 열화와 같은 지지를 받고 계신 분이다. 그런 이력을 익히 아는 바이므로 나는 절대 입을 열지 않는다.

옆에 서 있는 우승미 역시 입을 꼭 다물고 있다. 나만 아는 사실이 아닐 테니까. 다만 다른 게 있다면 승미는 새초롬한 표정의 나와 달리 전혀 심각하지 않다. 심지어 다소 도전적으로 보일 만큼 건들거리고 있다. 실내화를 신었다 벗었다 하기도 하고 또 간간이 혀를 내밀어 위아래 입술을 훑다가 빡빡 소리를 내며 입술을 부딪치기도 한다.

"야! 우승미, 너 뭐 하냐?"

그러자 승미는 고개를 훅하고 아래로 떨어뜨렸다 올리며 말한다.

"쌤, 죄쏭합니다!"

"뭐가 죄송한데?"

"자세가 반듯하지 못해서…… 시정하겠슴다."

그때 전화가 온다. 학년 주임은 곧 가겠노라며 전화를 끊더니 허겁지겁 일어서며 말한다.

"너희 낼 점심시간에 다시 와."

그러자 승미는 큰 소리로 대답한다.

"넵!"

교무실 앞 복도를 앞서서 가는 승미의 뒷모습을 보고 있자니 새삼스러운 기분이 든다. 승미는 몇 달 전 별것도 아닌 일로 나와 시비가 붙은 뒤 계속 사이가 안 좋았던 아이다. 사실 승미와 이렇다 할 사건이 있었던 것도 아니고 그냥 안 좋은 사이가 유지되던 차에 주은이랑 승미가 가깝게 지내자 삼각관계처럼 되어 감정이 안 좋았다. 하지만 오늘은 승미에게 정체불명의 친밀감이 느껴진다. 아마도 동병상련 때문이겠지. 같은 일로 교무실에 불려 온 자들끼리만 느낄 수 있는 질척한 유대감 같은 게 우리를 묶었나 보다. 승미 역시 그렇게 느꼈는지 가다 말고 뒤돌아서더니 내게 유머를 날린다.

"낼 점심시간에 또 오라고? 오는 거야 얼마든지 하죠 뭐! 교통비가 드는 것도 아니구만…… 안 그냐?"

진짜 어색했지만 그 느낌을 건너뛰고 답했다.

"그러게. 우리가 싫다는데 웬 강요질?"

"평양 감사도 저 싫으면 그만이라든가? 그딴 말 있지 않냐?"

"맞아!"

"근데 평양 감이 그렇게 맛있나? 얼마나 맛있길래……."

"엥? 평양 감이 아니라 평양 감사라는 직책을 말하는 거야."

"앗! 그런 거냐? 난 나주 배…… 뭐 그딴 건 줄 알았네."

"정말? 미치겠다. 크크크."

우린 소리 내어 크게 웃었다. 얼굴을 마주 보며 웃음을 나누는 일이 그렇게 순식간에 사람을 가깝게 하는 일인지 처음 알았다. 한 뼘은 다가가 앉은 기분이 들었다. 게다가 웃는 도중에 내가 발을 삐끗해서 넘어질 뻔 했는데 승미가 잽싸게 팔을 뻗어 나를 잡아 줬고 그때 또 한 번 구체적인 친밀감이 '훅' 하고 솟구쳤다. 역시 스킨십은 무섭다.

"감이든 감사든 뭐든 간에 내가 싫다는데…… 여섯이나 되는 동생들 줄줄이 달고 나와서 병아리 떼 쫑쫑쫑을 하면서 학교 홍보 동영상을 찍으라니 진짜 짜증 난다고요. 난 싫다고요."

승미에게는 자그마치 여섯 명의 동생이 있다. 일명 다둥이 가족의 장녀다. 엄마, 아빠 그리고 친할머니까지 도합 열 식구가 한집에 산다. 고요의 바닷속에서 사는 나로선 그런 승미의 환경이 다복하다는 느낌이 들기까지도 하는데 승미는 전혀 그렇지 않은가 보다. 재잘재잘 떠드는 오누이들의 즐거운 수다의 합창이 찬란한 음표가 되어 온 집안에 떠 있지 않을까 하는 나의 상상을 늘어놓자 승미는 대번에 진저리를 친다.

"물론 좋을 때가 없다곤 말할 수 없어. 재미있을 때도 있고 동생들이 귀엽기도 해. 하지만 요새 난 우리 집이 정말 싫어. 바글바글…… 고만고만한 콩알들이 떼로 굴러다니는 집. 집에 들어가면 나 우승미는 없어져. 맏딸인 나만 존재하는 거지. 지들 살겠다고 악다구니를 쓰는 동생들을 돌봐야 하고 또 힘겨워하는 엄마의 역할을 나눠 맡는 장녀로서의 역할만 남아 있다구. 그나마 집 밖으로 나와 학교에 있을 때 난 유일하게 온전한 나, 여고생 우승미를 느낄 수 있는데…… 학교에까지 와서 다둥이 자녀 동영상을 찍으라니…… 그건 내 마지막 개성을 개박살 내는 일이야. 거절하겠스. 글고 난 매스컴 별로야. 늘 그럴싸하게만 포장을 해 놓거든. 다둥이집 장녀로서의 내 역을 고정시켜 놓고 거기에 불을 지핀다고."

"불을 지피다니?"

"잘한다! 잘한다! 이렇게 부추기면서 그야말로 빼도 박도 못하게 만드는 거지. 원래 칭찬이 더 무서운 거잖아. 구속력 짱이거든. 언젠가 가전제품 홍보지에서 우리 가족 인터뷰한다고 왔었는데 그 사람들 자기네 필요한 대로 기사를 쓰려고 나를 완전 효녀 심청이로 만들 작정이더라. 하마터면 엉겁결에 인당수에 빠질 뻔 했다니까."

"왜? 협조하고 공양미 좀 한 밑천 챙기지 그랬어?"

"뭔 소리야? 내 인생이 걸린 문제인데 그깟 공양미에 날 팔 수는 없지."

우리 학교는 초등학교부터 중·고등학교까지 있어서 승미네 늦둥이 막냇동생을 제외한 모든 애들이 줄줄이 한 학교에 다닌다. 아마 그래서 학교에서는 홍보 동영상에 승미네 집을 넣으려고 했나 본데 승미는 자기 자신을 구성하는 수많은 요소 중에서 굳이 다둥이 집의 장녀로만 자신이 불리고 역할이 규정지어지는 게 정말 싫단다. 그런 승미의 말에 나 역시 공감이 간다. 내 경우와 크게 다르지 않다는 생각이 들어서다.

"그러게. '보이고 싶은 나'와 '보이고 싶지 않은 나'가 있는 건데 학교가 우리에게 '보여야 할 나'를 강요할 수는 없다고 생각해. 싫다는데 그게 왜 유난스러운 거야? 그런 의미에서 난 네 말을 오백 퍼센트 이해해! 나는 나로만 존재하고 싶을 때가 있는 거라고! 그리고 그건 존중받아야 하고."

내 말에 승미는 동의한다며 하이파이브까지 하고는 흥분해서 떠들어 댄다.

"긍까! 뻑하면 네가 맏이니까…… 큰딸이잖아? 책임감을 가져야지…… 이딴 말 진짜 지겨워. 내가 이 세상에서 젤 끔찍해 하는 말이 뭔지 알아? 우리 할머니가 맨날 '승미야, 네가 얼른 커서 돈 벌어서 동생들 공부시켜야지' 하고 말씀하시는데 너무 끔찍하지 않냐? 그럼 난 뭐냐구! 내 인생은? 난 동생들의 거름이 되려고 크는 거야? 내 참! 그래서 난 열 받아서 대들지. 난 절대 크지 않겠다고."

"그럼 뭐라셔?"

"뭐라긴? 배 터지게 욕만 먹지. 계집애가 야박하고 이기적이라고. 예전엔 안 그러더니 머리가 커지면서 못돼 처먹어 간다고. 요새 내가 집에서 아침저녁으로 듣는 소리야. 하긴 전엔 동생들 돌보는 내가 뿌듯하고 자랑스러웠거든. 그런데 요샌 이상하게 그게 정말 싫어지더라고."

"이해해……."

나도 그런 경험이 있었으니까. 전에 아이들로부터 떨어져 나와서 어른들 사이에 있을 때 엄마가 하고픈 말을 통역해 주면 어른들은 다들 나를 보면서 감탄했다. '아이고 기특해라.', '얘가 없었으면 이 집은 어쩔 뻔 했어.' 나는 그런 소리를 들으면서 내가 비로소 이 세상에 존재한다는 걸 느낄 수 있었다. 아이들이 악을 쓰며 얼음땡을 하면서 비명의 쾌감을 느끼고 있을 때 난 부모의 조력자가 되는 자부심에 흥겨웠다. 그리고 집에 들어오면 엄마, 아빠에게 뭔가를 해 줘야만 내가 의미 있는 존재란 생각이 들어서 늘 전전긍긍했는데 언젠가부터 그런 내가 싫어지기 시작했다. 아마 그 정점을 찍은 일이 교육청에서 도망친 바로 그날인 것 같다. 오롯이 나로서 존재하고 싶다는 욕구가 치밀던 바로 그 순간, 수영장에서 턴을 하는 시점과 같다고나 할까? 올 때 자유형으로 어푸어푸거리며 왔다면 이제 턴을 해서 돌아갈 때는 다른 유형으로, 배영으로 유유히 물살을 가르며 돌아가고 싶다. 꼭 맞는 비유가 아닌 것 같은 노파심에 굳이 다시 설명을 다시 한다면, 한마디로 난 이젠 달. 라. 지. 고. 싶다.

난 갑자기 승미에게 고해성사하듯 그날 나의 도망질에 대해 적나라하게 고백하고 싶어졌다. 내 속내까지 다 까뒤집어서 낱낱이 밝히고 싶었다. 왠지 승미는 그날 나의 행동에 대해 박수라도 쳐 줄 것 같단 생각이 들어서다. 진정한 위로는 공감일 뿐이니까. 그걸 받고 싶었다. 목울대가 간질간질해질 정도로 말을 하고 싶은 욕구에 시달렸지만 이내 주은이가 떠올랐고 고통을 자랑질한다던 그 말도 뒤이어 떠올라서 난 그냥 내 이야기를 삼켜 버렸다. 내가 울컥대며 쏟아 내고 싶은 이야기를 간신히 삼키고 있는 대신 승미는 거침없이 후련하게 자기 이야기를 뱉어 냈다.

"할머니나 엄마는 우리는 가족이니까 우리를 위해서 머리 큰 네가 희생하고 헌신해야 하는 거라고 늘 그러셔. 게다가 매스컴에서도 사랑은 희생이고 어쩌고저쩌고 다들 그러잖아. 그러니까 그게 맞는 소리겠지? 근데 난 가끔 대체 '우리'가 어디 있는 거야? 우리의 실체가 뭐야? 이딴 생각이 들어. 아니 왜 내가 눈에 보이지도 않는 '우리'를 위해 희생을 해야 하는 거지? 이런 반발심도 생기고…… 어른 되면 어차피 다들 찢어져서 자기 인생 살 텐데…… 내가 못된 건가? 암튼 난 기회가 닿아 갈림길에 서게 되면 희생은 안 하는 쪽으로 냅다 뛸 거야."

난 속으로 말했다. '나두!' 내 속말을 알 리 없는 승미는 내처 자기 이야기를 한다.

"엄마가 병원에서 막내를 낳았을 때, 물론 속으로만 말했지만 난 막내를 보면서 '야! 똑똑히 들어. 난 너를 위해서 희생 같은 건 절대 안 할 거야' 이렇게 다짐했어. 태교도 가능하다니 걔가 내 말을 알아들었을 거라고 생각해. 물론 태어나서 듣게 된 큰누나의 첫 대사가 살벌한 게 좀 미안하긴 하지만…… 그게 오히려 인생 공부가 되지 않았을까? 물론 우리 할머니가 아시면 날 죽이려고 하시겠지만 말이야."

"설마…… 죽이기까지야?"

"아니야. 아시면 난 그 즉시 죽음이야. 걔가 우리 집에서 유일한 아들이거든."

승미는 아들이란 말을 하는 대목에선 마치 천기누설이라도 한다는 듯이 손가락으로 입을 가리며 속삭이듯 말했다.

"헐! 요새도 아들 타령하는 사람이 있어?"

"왜 없어? 요새 누가 그러냐고 그럴 것 같지만 집집마다 세상이 다 다른 법이야. 세상이 어디 다 한 방향으로만 돌아가디? 세상은 알 수 없는 일로 넘쳐 난다고. 봐! 요새 누가 굶어 죽어? 이딴 소리들 하지만 천만에! 굶거든?"

"그럼…… 네 동생들이 많아진 건 결국 아들 때문이었어?"

"그렇다고 봐야지. 엄마, 아빠는 극구 부인하시지만 아마 중간에 아들이 나왔으면 난 거기서 멈췄을 거라고 봐. 울 아빠가 지독한 효자시거든!"

"그렇구나. 난 너희 엄마, 아빠가 다둥이 가족에 대해 로망이나 무슨 철학 같은 게 있으신 건가 했는데 결국 할머니의 뜻을 받드시느라……."

"로망은 아니고, 아! 철학 정도는 있다고 봐야겠네. '자기 먹을 건 자기가 가지고 태어난다.' 이런 믿음이 있으셔서 마구 생산을 하신 거지. 사실 이것도 결국 할머니의 주장이었지만. 솔직히 그게 말이 되냐? 자기가 가지고 태어난다면서 왜 나한테 책임을 전가하는 거야?"

"그거야, 그건 그냥 상징적으로…… 다 살게 마련이다, 그런 소리 아닐까?"

"알아. 근데 그거 너무 낙관적이다 못해 무책임한 말 아니니? 목숨만 부지하면서 사는 게 전부가 아니잖아? 삶의 질이란 게 있는 건데……. 어렸을 땐 친구들 집에 비해 우리 집 식구들이 지나치게 많은 게 그냥 내 운명인 줄 알았는데 커서 보니까 그건 운명이 아니라 부모님의 선택이었다고 생각하니까 솔직히 화가 나더라고."

그리곤 갑자기 발을 들어 삼선 슬리퍼를 360도로 공중제비를 시키고는 다시 자기 발에 끼운다. 그것도 한 발씩 두 발을 다 한다. 그 모습이 마치 고도의 훈련을 거친 숙련된 조교의 시범처럼 능수능란해 보여 나도 모르게 동공을 확장하고 비명을 지르며 감탄했다.

"야! 너 뭐야 뭐야? 왜 그렇게 잘해?"

"이런! 이딴 걸 보고 감탄하는 애도 있구나. 아주 긍정적이야."

"어, 완전 놀라워! 대단한 재주인데?"

"이게 다 나의 개성을 시시때때로 보이기 위한 일종의 발작이야."

"뭔 소리?"

"언젠가 내가 희생을 안 하는 쪽으로 냅다 뛸 때 말이야. 사람은 원래 기대된 역할을 하지 않으면 무조건 나쁜 년이 되게 되어 있거든? 암튼 그때 사람들이 '걔가 원래 좀 그랬잖아?' 이렇게 생각하라고 일부러 건들거리기도 하고 이상한 행동도 하고 간헐적 발작을 하는 거야. 사람들 좀 덜 놀라게 미리 주위 사람들한테 일종의 맷집을 만들어 놓는다고나 할까?"

아까 선생님 앞에서 시종일관 신들거리면서 이상한 행동을 한 것도 저것과 같은 종류의 행동인가 보다.

"뭐야? 너…… 나름 치밀한 캐릭터네?"

"에이, 치밀까지는 아니고. 그냥 숨통이 조여 오면 살기 위해 준비된 돌파구를 마련해 놓는 정도랄까? 내가 언젠가 책에서 봤는데 사람은 누구나 자기 자신이 되기 위해서 이 세상에 태어난 거라고 했어. 난 나 자신이 될 거야. 나 자신이 되기 위해서는 간헐적 발작도 하고…… 의지를 갖고 뭐든 할 거야. 누군가의 바탕화면일 수는 없으니까."

'사람은 누구나 자기 자신이 되기 위해서 태어난 거다.' 난 이 부분에 밑줄을 긋고 속으로 뇌까렸다. 갑자기 승미가 근사하게 보였다. 주인공이 되어 살겠다고 야무지게 말하는 승미의 결의에 무한 지지를 보내고 싶어졌다. 그런 의미에서 난 승미에게 떡볶이를 사 주었다. 실한 속살이 먹음직스러운 오뎅도 두 개나 건져서 개 접시에 얹어 주었고 노란 속옷을 입은 반토막짜리 하얀 달걀도 물론 아낌없이 양보했다. 그러자 승미가 배시시 웃으며 말했다. 입 옆으로는 빨간 고추장을 잔뜩 묻힌 채로.

"뭐야? 너 착한 거야?"

"아니. 일종의 발작이야."

"크크. 따라 하기는!"

우리는 마주 보고 웃었다. 웃으면서 한 뼘 더 가까워졌다.

그날 밤에 꿈을 꾸었다. 꿈속에서 승미는 밤거리를 냅다 달려 대는 검은 실루엣으로 등장했다. 검은 실루엣이라 얼굴은 안 보였지만 분명 꿈에선 주인공이 '우승미'라고 내게 자동으로 인식되었다. 꿈의 줄거리는 딱히 없고 그저 주인공이 달리거나 날거나 그게 전부였다. 마치 사극에서 양반가의 어느 대궐 같은 집을 넘나드는 날렵한 자객처럼 말이다. 담을 타고 지붕 위로 날듯이 뛰어다니는 승미의 모습은 의연하고 늠름하고 아무튼 정말 근사했다. 줄거리 따위는 아무 필요가 없을 정도로. 난 그런 승미를 보면서 정말로 푸지게 대리만족을 했다. 잠에서 깼을 땐 가슴 언저리 어느 부분에 양질의 근육이 붙은 느낌까지 들었다. 대리만족만으로도 근육이 붙을 수 있다니…… 정말 놀랍다.

승미의 일관되고도 배포 있는 개김에 내가 편승한 덕에 동영상 문제는 우리 둘의 승리로 끝이 났다. 학년 주임은 작은 소리로 '질긴 것들!'이라고 툴툴거리며 백기를 들고는 마침내 시나리오를 고쳤다. 그러고 나니 자신감이 생겼다. 삼선 슬리퍼 돌려 끼우기를 하는 승미처럼 작위적인 발작까지는 못 하겠지만 적어도 내 경계는 확실히 지킬 수 있을 것 같다는 자신감 말이다. 두 발을 어깨너비로 벌리고 양팔은 허리에 얹고 두 눈은 크게 부릅뜬 채로 '자! 누구든 덤비기만 해 봐! 확! 밀어버리겠어' 이런 품새의 내 모습이 머릿속에 그려진다. 난 그 모습이 아주 맘에 든다.

아무튼 우승미 덕에 기분이 훨씬 나아졌다. 처음엔 승미 덕에 내 경계를 분명히 할 수 있다는 자신감이 생겨서라고만 여겼다. 하지만 그것 때문만이 아니란 건 주은이의 톡을 받고 나서 비로소 깨달았다. 야심한 밤 승미와 톡으로 수다를 떠는 중에 주은이가 톡을 보내 왔다.

― 화 풀자. 그날은 내가 너무 오바한 듯, 사실은······.

앞머리만 읽어서 뒷부분 내용은 모르겠으나 주제를 앞에 둔 두 괄식이 분명할 것이다. 화해하자는 거겠지. 그날 이후 우리는 쭉 냉전 중이었다. 물론 난 이미 주은이를 마음속에서 잘라 냈다고 나 자신에겐 공표했지만, 그걸 알 리 없는 주은이가 내게 사과의 톡을 보낸 거다. '잘라 냈으므로 그 어떤 사과로도 봉합은 어렵지. 꿰맬 수 있는 부위가 없잖아?' 이런 생각을 하자니 자만심으로 온몸이 뻣뻣해진다. 마치 풀 먹인 이불처럼. 덕분에 난 주은이의 톡을 과감하게 무시할 수 있었다. 주은이의 톡 뒷부분의 내용은 보지 않고 옆으로 제쳐 놓은 채 승미와 수다를 떠는 쾌감은 아주 짜릿했다. 그간의 나의 모멸감이 씻겨 나가는 기분이 들 정도로.
그때 난 어렴풋이 깨달았다. 내가 승미에게 갖기 시작한 호감은 어쩌면 주은이에 대한 분노 때문일지도 모른다고. 같은 처지에 놓인 이들이 갖는 질척한 유대감 때문이기도 하겠지만 그 안엔 내가 승미를 내 편으로 만들어야 할 버젓한 명분이 있었던 거다. 하지만 그 부분은 그리 오래 생각하고 싶지 않았다. 대신 난 승미와 끝없는 수다를 떨었다. 왠지 승미의 고통과 나의 고통은 같은 저울 위에 올라갈 수 있는 것 같단 생각이 들었으니까. 똑같이 12색 크레파스를 가진 애들끼리는 그림 실력 차이에 크게 불만이 안 생긴다. 하지만 48색 크레파스를 가진 아이와는 분란이 생길 여지가 많은 법이다. 승미와 나 사이엔 끈끈한 동질감이 있었다. 그래서 우리는 사이사이 주은이에 대한 뒷담화도 할 수 있었다.

"집에 애들이 많으니까 학원 뭐 이딴 건 내가 애초부터 꿈도 못 꾸거든? 근데 주은이가 나한테 왜 과외를 안 하냐데? '야! 수학이 딸리면 과외를 해서라도 쫓아가야지. 넋 놓고 지금 뭐 하는 거야? 네가 토끼야? 거북이야? 그 정도는 알고 쉬어야지' 이러는 거야."

"참, 속 편한 소리 하고 있네. 지가 마리 앙투아네트야?"

"뭐 걔는 부잣집 외동이니까 내 입장을 상상조차 못 하는 거지."

"나도 외동이거든? 그래도 미루어 짐작 정도는 하거든? 상상력도 일종의 지식이야. 물론 배려도 있어야 하는 거구. 그러니까 밥이 없으면 빵을 먹지 하는 이딴 무개념 작렬인 소리나 하는 마리 앙투아네트란 소리를 걔가 듣는 거라고."

"누가? 너네 반 애들이 그래?"

"아니, 내가 방금 그랬잖아."

"어! 하긴 접때도 속없는 소릴 하더라고? 브랜드 운동화 갖고 싶다니까 '사면 되잖아!' 이렇게 받데."

"헐."

내가 알기로 주은이는 개념이 없는 애가 절대 아니다. 눈치도 백 단이고 상황 판단 능력도 없는 편이 아니라서 속없는 소리를 툭 하고 던졌을 리는 없다. 아마도 전후 맥락을 통틀어서 이해한다면 그런 의미로 던진 말이 아님을 우리 모두 알 수 있으리라. 하지만 지금은 그런 시간이 아니다. 이해와 관용의 시간이 아니다. 48색 을 가진 아이를 상대로 12색을 가진 우리가 해야 할 이야기가 분 명 존재한다. 사람은 필요하면 얼마든지 무엇이든 자기에게 유리 한 것들을 가져다 쓴다. 아무튼 승미와 연대를 이루어서 주은이를 씹어 대는 행위는 내게 소소한 위로가 되었다. 승미와의 우정이 돈독해지는 기분이 들기도 하고 한편으론 주은이에게 받은 상처 가 씻겨 나가는 것 같았기 때문이다.

물론 주은이 뒷담화를 하다 보면 조금 미안해질 때도 있다. '이 건 좀 아닌데……' 하는 자각이 들어도 이미 내 입은 주은이를 씹 고 있는 경우가 있기 때문이다. 내딛은 발은 다시 당겨 넣으면 되 지만 입 밖으로 나온 말은 이미 내 생각을 담고 나온 터라 번복하 기가 쉽지 않다. 주은이를 헐뜯을 의도가 있었다는 걸 내 스스로에 게는 물론 상대에게도 인정해야 하므로. 그러므로 다소 넘치는 말 이 나와도 그냥 직진을 하게 된다. 그래서 합리화를 하게 된다. 승 미와 내겐 없는 무언가를 가진 주은이가 이런 식의 부당한 대접을 받는 건 어쩌면 공평한 일일지도 모른다고.

'뭐! 신주은만 다 좋을 수는 없는 거 아냐?'

이런 말도 안 되는 생각이 내 안에 꿋꿋하게 자리 잡았다. 심지어는 내가 평등을 실천하고 있는 중이란 황당한 상상도 하곤 했다. 그렇기 때문에 난 그날 주은이와 내가 다툰 이야기를 승미에게 털어놓지 않았다. 그걸 털어놓으면 승미와 나 사이의 우정에 순수하지 못한 불순물이 있음을 둘이 같이 묵도하게 될 것 같아서다. 그렇게 되면 승미와 내가 주은이에 대해 뒷담을 하는 일에 껄끄러움이 생길 것이고 또 서로에 대한 우정의 순수함이 정통성을 잃게 되므로 부실한 관계가 될 것이다. 의도가 섞인 우정은 아름답지 않다. 그리고 또 승미와 내가 주은이를 상대로 열등감을 멍석 위에 늘어놓고 있음을 깨닫게 되므로 그것 역시 바람직하지 않다. 그래서 난 그 이야기는 절대 꺼내 놓지 않는다. 어쩌면 승미 역시 이미 알고 있을지도 모른다. 그래도 우리는 절대 그 사실을 공유하지 않는다.

승미와 긴 시간 톡 대화를 하고 침대에 누웠을 때 침대 옆에 놓인 강아지 인형 하몽이가 내 눈에 들어왔다. 주은이가 작년 내 생일 선물로 준 인형이다. 눈꼬리가 축 처진 포근한 감촉의 강아지 인형 하몽이. 내 무게를 저항하지 않고 온몸으로 그대로 받아들여 주던 넉넉함. 밀면 밀리고 누르면 눌린 채로 희미하게 웃어 주던 하몽이의 미소는 주은이의 마음과 다르지 않았는데…… 하몽이를 안고 내가 얼마나 많은 시간 동안 포근한 위로에 젖었던가. 갑자기 슬픈 마음이 든다. 주은이와의 우정이 이렇게 보잘것없는 것이었나? 나의 열등감이 내가 가진 모든 것들을 다 부식시키고 있는 건 아닐까? 내가 너무 표리부동한 건 아닐까? 여러 생각들이 발뒤꿈치를 들고 살금살금 조심스럽게 내 안을 드나든다. 그들이 다 내 눈에 보이건만 내 안엔 그럼에도 불구하고 나의 분노는 정당하다고 주장하는 뻔뻔한 이기심이 주인이 되어 한가운데 앉아 있다.

내 마음속은 뒤집혀진 서랍 속 같아 찝찝하다. 그래도 아마 이런 복잡함을 관통해 지나가면서 나 자신이 되어 가는 건 아닐까? 어떻게든 살아 보려고 말똥구리가 찌질한 앞 구르기, 뒤 구르기를 하면서도 앞으로 앞으로 나가듯이 말이다.

'지금은 잠시 엉켜있지만 시간이 지나면서 곧 풀릴거야. 시간이 약이라니까.'

이렇게 합리화를 굴리며 잠을 청했다.

# 거리 두기 ★

— 방가방가 완존 방가.

— 나두 방가.


    희수는 나의 오랜 잠수 기간을 잘 견뎌 주었다. 그날 서울에서부터 교육청까지 나를 응원하기 위해 먼 거리를 왔다가 바람을 맞았음에도 불구하고 생색은커녕 성마른 채근조차 하지 않았다. 그냥 묵묵히 기다렸다가 한참 뒤에서야 연락한 나를 반갑게 맞아 주었다.

— 잠수 끝?

— 응.

— 굿!

— 쏘리! 뭐냐 싶겠지만…… 여자들은 그럴 때 있음.

— 오키.

 

아무런 질문 없이 내 말을 넙죽 받아들이기만 하는 희수가 고맙기도 하고 한편으론 섭섭하기도 했다.

 

— 안 궁금해?

— 어?

— 뭣 땜인지 안 궁금하냐고.

— 그럴 때가 있는 거라며.

— …….

 

오랜만이라 반가운 맘은 가득했지만 뭔가 희수와 나 사이가 한껏 뒤틀린 기분이 들었다. 그건 아마도 내 안의 감정이 묘하게 꼬여 있기 때문이리라. 예를 들어서 내가 처음에 잠수를 탈 때도 그랬다. '나 잠수'라고 했을 때, 희수는 아무 저항도 않고 질문 하나 없이 '오키'라며 흔쾌히 답했다. 내 말을 선선히 받아들인 건 나를 존중한다는 의미인 것 같아 고마웠지만 한편으론 '뭐야! 내 존재감이 이렇게 없어?' 이런 생각에 화가 나기도 했다. 내가 잠수 탄다고 하면 왜 그러냐며 안달하고 캐물어야 하는 거 아냐? 하는 아이러니한 생각이 들었기 때문이다. 물론 희수가 내게 '뭔데? 뭐냐구?' 하면서 다그쳤다면 난 또 화가 났을 게 뻔하다. 아무튼 불가사의한 오십 대 오십의 감정이 나를 들쑤셨다. 그래서 희수에게 고마워했다가 또 잠시 뒤에 시비를 걸었다가를 반복하게 만들었다.

—넌 내가 그날 토론 대회에서 왜 내뺐는지 안 궁금해?

—궁금해.

—근데 왜 안 물어봐?

—물어봐도 돼?

—그걸 뭘 물어? 네가 진짜 궁금하면 물어보는 거고 안 궁금하니까 안 묻는 거 아냐?

—궁금해. 하지만 네가 얘기하고 싶어 하지 않았고 또 그 일 이후 잠수까지 탄다니까 뭔 사정이 있나 보다 하고 안 물은 거야.

—말이 돼? 내 사정이 어떻든 간에 네가 날 생각하는 마음이 있다면 내가 어떤 건지 혹시 무슨 일이 있는 건지 알아내려고 해야 그게 진정한 관심 아닌가? 좋으면 그 사람에 대해 전부 다 알려고 하잖아. 뭐든 같이 하려고 하고……

차마 뒷부분에 '그게 사랑 아냐?' 이 말은 못 썼다. 자판을 두들기면서도 내 말이 억지라는 걸 알고 있다. 얼굴이 화끈거릴 정도로. 난 내가 벌여 놓은 거짓말 잔치 때문에 희수가 가까이 오는 걸 피하고 있었다. 그래 놓고 지금 희수에게 가까이 오지 않았다고 닦달을 하고 있으니 말이 안 된다. 이쯤에서 멈춰야 한다고 생각하면서도 계속 희수에게 시비를 걸었다. 브레이크가 고장 난 차처럼 이상하게 멈춰지지가 않았다.

— 그러니까 결국 넌 나한테 관심이 없는 거지. 그렇게 오랜 시간 잠수를 타도 전혀 궁금해하지도 않았잖아?

— 궁금해도 참았어.

— 너 인내심 쩐다. 인내심이 아니라 무관심이겠지!

— 야! 네가 그걸 원했잖아.

— 어쭈 배려심까지? 네가 다 해 먹어라.

희수 앞에서 늘 블링블링하던 내 이미지가 망가져 가는 과정을 보는 게 정말 싫었다. 그리고 또 희수를 악의적으로 괴롭히는 것 같아 미안했지만, 한편으론 희수 때문에 내가 토론 대회를 포기한 거에 비하면 개가 당하는 이런 시달림쯤은 아무것도 아니란 생각이 들었다. 엄밀히 따지면 그게 희수 때문이 아닌 것도 알긴 하지만.

— 관두자.

급기야 참다못한 희수가 그만하잖다. 난 급하게 방향 전환을 하려 했으나 이미 삐딱선을 탄 채라 또 삐딱한 말이 나왔다.

─비겁하게 내빼는군.

　내 톡을 본 희수는 아무 말이 없었다. 카톡방을 나가 버린 것이 분명했다. 내 말에 응대하지 않는 희수가 야속하기 짝이 없었다. '인내심도 없는 놈! 거 봐! 이로써 나의 잠수를 참고 있었던 건 너의 인내심 때문이 아니라 무관심이란 결론이 난 거지' 하지만 나가 버린 애를 상대로 이런 말을 전할 도리가 없다.

　"얍삽한 놈! 어떻게 그냥 내빼냐?"

　독백처럼 투덜거려 본다. 내가 건 발에 자빠진 희수가 돌아서서 나를 향해 욕지거리라도 해 댔다면 그게 차라리 더 나았을 텐데. 그랬다면 희수와 조금 더 엉겨 붙어서 싸우다가 극적인 반전이라도 보여 줄 기회를 잡을 수 있었을지도 모르건만…… 영화를 보면 더러 그런 장면이 나온다. 주인공 연인끼리 서로 마음에도 없는 감정의 실랑이를 하다가 극에 치달을 즈음 포옹으로 극적인 화해를 하는 장면 말이다. 희수는 그런 걸 본 적이 전혀 없나 보다. 상상력 부족한 놈! 암튼 난 통째로 나를 무시하는 듯한 희수의 태도 때문에 홀로 남은 톡방을 보며 우거지상을 하고 입술만 잘근잘근 씹고 있었다.

　'우씨! 이게 아닌데…….'

　자책감이 나 자신에게 진하게 와닿았다. 하지만 이미 돌이킬 수 없는 일이다. 그러니 차라리 지금이라도 정신 차리고 총정리를 해 보려 했지만 정신은 쉽게 차려지지 않았다. 이성보다는 삐뚤어진 내 감정이 칼춤이라도 추듯이 내 안을 막무가내로 헤집고 다녔다. 왠지 희수가 나를 위해 몸과 맘을 다해 위로를 해 줬어야 마땅한 것만 같다. 정작 희수는 내가 어떤 일로 튀었고 왜 잠수했는지조차 전혀 모르지만 그럼에도 불구하고 '나를 좋아한다면' 희수는 땅바닥을 벅벅 기면서라도 내 기분을 풀어 줬어야 한다는 말도 안 되는 아니, 다소 파렴치하기까지 한 생각이 들었다.

'헐! 이게 뭐람?'

터무니없는 생각을 하는 나 자신을 향해 주먹질을 해 봤지만 뻔뻔스러운 그 생각은 쉽게 사그라지지 않았다. 뻔뻔한 만큼 '내가 뭘?' 하며 눈만 부라리고 있다. 그때 불현듯 주은이의 말이 컴퓨터의 팝업창처럼 불쑥 하고 떠오른다. 애써 보지 않으려고 했지만 아무리 내리눌러도 태생적으로 가라앉지 못하는 스티로폼 부표처럼 버젓이 내 앞에 떠 있다.

'넌…… 니 고통을 자랑질한다구. 지겨워.'

그동안 '지겨워'에만 방점이 찍혔던 주은이의 말이 지금은 다르게 받아들여져 '고통의 자랑질'에 눈과 마음이 간다.

'앗! 그렇담…… 난 지금 희수에게도 내 고통이 무겁다고 투정을 부리고 있는 건 아닐까?' 하는 깨달음이 아프게 와닿는다. 엄마, 아빠에게도 치받고 주은이에게도 그리고 희수에게까지 내가 온 사방에 대고 툴툴거리고 있었다고 생각하니 새삼 부끄러워진다.

언젠가 자기 사는 게 힘들다고 온 동네를 돌아다니며 남의 자동차를 못으로 긁고 다녔다던 어떤 치졸한 아저씨 이야기도 생각이 났다. 이제라도 사과의 톡을 보낼까 하고 망설이는데 때마침 희수에게 문자가 온다. 하지만 선뜻 열어 보지 못하고 핸드폰을 쥐고 잠시 망설였다. 왠지 문자는 톡과 달리 정장을 차려입은 공식적인 사절단인 것 같은 기분이 들어서다. 혹시 이별 문자라도 보낸 건 아닐까 하고 걱정스럽게 열어 봤지만 다행히 그건 아니다.

— 넌 내가 너를 좋아한다는 이유로 내 맘대로 너를 들었다 놨다 하기 바라는 거임? 너도 그러고 싶은 거고? 그런 게 사랑인 거라 생각해?

사랑의 정의까지 들먹이다니 조금 거창한 거 아닌가 싶었지만 곰곰이 생각해 보니 희수가 이런 질문을 할 만하단 생각이 든다. 내가 작정을 하고 의도한 바대로 시비를 건 것은 아니지만 결국 투정의 본질은 그런 거였으니까. 역시 진희수는 문과생답다. 요점을 정확하게 꿰뚫다니. 자다가 남의 다리를 긁지 않는 희수가 내 남친이란 게 자랑스러울 지경이다.

희수가 한 질문의 답을 곰곰이 생각해 보니 그렇기도 한 것 같고 아닌 것도 같단 생각이 든다. 하지만 이 문제의 답은 주관식이 아니라 분명 객관식으로 골라야 한다. 그렇다와 아니다 둘 중 하나를 골라야 하는데…… 솔직히 말하자면 난 그렇다에 동그라미를 쳐야 한다. 왜냐하면, 난 그렇게 배웠으니까.

사랑하니까, 가족이니까 그러니까 뭐든 합쳐서 나누고 n분의 1로 해야 한다고 엄마는 늘 그랬다. 가족은 한배를 탄 사람들이니 노를 같이 저어야 한다고. 운명 공동체니까 같이 슬퍼하고 같이 기뻐해야 한다고. 그래서 삼각 지붕을 괴고 있는 세 개의 기둥처럼 한쪽씩 맡아서 제 역할을 다해야 한다고. 난 그래서 엄마, 아빠의 전속 통역사가 되어야 했다. 내 나이에 어울리는 자리든 아니든 그건 중요한 일이 아니었다.

초등학교 저학년 때부터 수업을 빼먹고 은행에 가서 난수표와 이자율이나 상환 조건 등과 같은 뜻 모를 말들을 전했고 이사 갈 집을 구하러 다니는 날엔 친구 생일 파티도 당연히 불참해야 했으며 심지어 돈을 떼먹고 야반도주한 엄마 지인의 친척 집 앞에서 밤새도록 서성여야 했다. 다음 날이 기말시험이었음에도 불구하고 말이다.

돈을 떼인 아줌마, 아저씨들이 나누는 말을 엄마에게 전해 주기 위해 난 그들이 써 대는 육두문자와 사투리를 밥 속에 든 콩을 골라내듯이 빼내고 요점만 잘 갈무리해서 전하느라 애를 썼던 기억이 너무나 생생하다. 언젠가는 어른들의 몹쓸 난투극도 벌어졌건만 난 그 장면조차도 의무감으로 묵시해야 했다. 통역사의 역할을 하기 위해서. 내가 그 장소에 있는 유일한 어린이라는 사실에 대해서는 아무도 신경 쓰지 않았다. 극히 상식적인 수준의 배려조차도 가능하지 않을 만큼 살벌한 장소였으니까. 그리고 엄마는 엄마대로 내게 주어진 역할만 강요하느라 그런 배려 따위는 아예 안중에 없었던 것 같다. 당연히 나눠야 하는 사랑하는 가족의 일이니까.

심지어 언젠가는 내가 '정상아'란 사실 때문에 내 스스로를 심하게 자책한 적도 있었다. 아빠가 농미회 친구분에게 한 이야기를 우연히 들었다. 아니 들었다기보다는 봤다는 게 정확한 표현이겠다. 그날 아빠 친구분의 화실에 갔을 때 인형 옷을 입혔다 벗겼다 하면서 놀고 있는 나를 등 뒤에 두고 아빠가 이렇게 이야기했다.

— 유나. 태어나다. 농아. 아니다. 처음에. 기쁘다. 하지만. 한편. 슬프다.

엄마도 그랬다며 아빠의 말에 고개를 심하게 끄덕였다. 내 등 뒤에서 비밀 이야기를 하듯이 어른들이 나눈 이야기였지만 한쪽 벽이 거울이라 난 분명하게 그 말을 읽을 수 있었다. 그 말을 읽고 난 뭔가 큰 잘못을 저지른 것 같은 기분이 들어 우울해졌다. 그땐 그 말의 이면을 전혀 이해할 수 없는 나이였으므로 그냥 막연한 죄의식에 목이 조이는 기분이 들고 더 이상 인형 옷을 갈아입히지 못할 정도로 우울했다. 내 존재가 거부당한 기분이 들었으니까. 집으로 가는 버스 안에서 엄마에게 왜 내가 정상인 게 슬픈 일이냐고 물었다. 내 자신을 자책하는 게 그리 자연스러운 일은 아닌 것 같았기 때문이다. 그랬더니 엄마는 내 머리를 쓰다듬으면서 아주 아주 슬픈 눈으로 말했다.

　—너. 정상인. 우리. 다르다.

　서로 조건이 다르면 서로를 이해하는 게 어려운 일이기 때문에 결국 나와 멀어질 수도 있으니 그게 슬프다는 이야기였으리라. 하지만 그날 난 그 말을 이해하지 못했다. 그냥 내가 뭔가 잘못 한 거란 생각이 무거운 쇠로 된 추가 되어 내 맘에 남아 있었다. 그리고 내가 뭔가 다르기 때문에 더 노력해야 한다는 채무감도 어렴풋이 가졌던 것 같다. 그래서 난 더더욱 엄마, 아빠의 일에 열과 성을 다해서 도움을 줘야 한다고 생각했다. 난 엄마, 아빠의 의미 있는 지팡이가 되어야 한다며. 그것만이 내가 태어난 이유라도 된다는 듯이. 그래서였을까? 나의 그런 태도가 우리 집에서는 당연한 패턴이 되어 버려서 어느 순간부터 엄마는 내게 '내가 못 하는 거니까 당연히 네가 해야지' 하면서 몰아세우기 시작했다. 엄마, 아빠의 모든 스케줄은 나의 스케줄에 앞섰다. 사랑하는 가족이니까. 사랑은 자기 권리를 아낌없이 포기하는 거니까. 그렇게 배우고 익히고 행동하고 살았으니 희수가 묻는 말에 내가 그렇다고 답하는 건 당연한 일이다.

　하지만 이건 내가 살면서 배워 내 안에 자리 잡은 구태의연한 사고의 패턴일 뿐, 다시 생각하면 그건 절대 아니다. 한배를 탄 가족이니 노를 함께 저어야 한다고? 맞다. 물론 가족이 아니라도 한배를 탔으면 누구든지 같이 힘을 나눠서 노를 젓는 게 당연한 일이니까 나도 그 말엔 동의한다. 하지만 사랑하니까, 가족이니까 엄마, 아빠의 애로 사항까지 늘 나눠 가져야 한다는 말엔 이젠 동의하고 싶지 않다. 그리고 엄밀히 따지면 내가 정상아로 태어난 게 슬펐다는 말은 엄청난 이기심에서 비롯된 거란 생각이 든다. 단지 부모와 멀어지게 될까 봐 그게 무서워서 정상아가 아니길 바란다니…… 그건 건강한 사랑이 아니다. 난 그들을 위해 태어난 사람이 아니니까. 누구나 자기 자신이 되기 위해서 이 세상에 태어난 거라고 승미가 그랬다.

여기까지 생각이 미치자 갑자기 난 분연히 아니다에 답을 표시하고 싶어진다. 사랑한다는 이유로 상대를 들었다 났다 해서는 안 되는 거다. 사랑이든 가족이든 적절한 거리를 두고 상대를 있는 그대로 인정해 주는 게 바람직한 거란 결론이 자연스럽게 내 안에 고였다. 마치 망원경으로 사물을 제대로 보려면 적절한 거리를 두고 초점을 맞춰서 봐야 하듯이 말이다. 적절한 거리를 두지 않으면 세상 모든 것은 다 뿌옇게 보인다. 그건 옳지 않다. 난 희수에게 문자를 넣었다. 진솔하게. 이제라도 정신을 차린 나를 봐 달라며.


—미안! 절대 아님. 들었다 났다? 그건 옳지 않음. 내가 실수함. 용서 바람.


희수는 흔쾌히 바로 답한다.

―접수! 용서함.

―반성하고 업그레이드하겠음.

―것도 접수! 스텝 투에서 만나기로 함.

―예썰! 스텝 투!


스텝 투. 이 단어만으로도 꽤히 기분이 들썩인다. 엉덩이라도 흔들어야 할 만큼. 마치 새로운 무대로 들어선 느낌이랄까? 노트 한 권을 다 쓰고 새로운 노트를 꺼내 쓸 때와 같은 산뜻한 기분이다. 아직 아무것도 망쳐진 게 없어 지금부터라면 뭐든 다 잘할 것 같은 야무진 포부가 입꼬리를 올리고 의기양양하게 서 있다. 와우! 이로써 우린 스텝 투로 돌입했다. 난 거울을 보며 배시시 웃어 본다. 좀 전에 우거지상을 하고 앉아 있던 내 모습이 떠올라 약간 머쓱하긴 하지만 말이다. 희수 역시 영화 속에서 주인공이 싸우다가 부둥켜안으며 극적인 반전을 이루는 그 장면을 본 게 분명하다.

스텝 투니까 스텝 원과는 다르게 이젠 희수에게 솔직해져야 하는 게 아닐까 하는 생각이 뒷머리를 부여잡고 있지만 난 애써 모른 척한다. 그리고 말도 안 되는 합리화를 또다시 한다.

'희수, 쟨 내가 이야기하고 싶지 않은 부분이 있다는 것까지 다 인정한다고 했거든.'

희수와의 관계가 스텝 투로 업그레이드된 일이 내 삶의 질을 한껏 높인 것만 같았다. 하지만 그건 착각이었다. 주은이를 향해서 계속 꼬여만 가는 내 감정을 보면서 그게 아니란 걸 알게 되었다. 부분 진화랄까? 아무튼 사람은 무언가를 알고 깨달았다고 해서 행동으로 다 옮기지 않는다. 그런 의미에서 '바른 정신에서 바른 행동이 나온다'는 말은 맞는 말이 아니다. '바른 정신에서 바른 행동이 나오는 건 맞지만 바른 정신이어도 행동은 얼마든지 그렇지 않을 수 있다'는 게 맞는 말이다. 다시 말해 주은이가 내게 한 말의 의미를 내가 뼈저리게 느끼고 나의 잘못을 통감했다고 해도 내 행동과 생각이 다 바뀌는 건 아니란 소리다. 난 분명 희수를 상대로 건강한 사랑 운운하면서 스텝 투로의 업그레이드를 외쳤지만 그건 지극히 상대적인 거여서 희수에게만 통하는 업그레이드였다. 말하자면 과목별 성적 향상만 있을 뿐 전체적으로는 큰 향상이 없는 것처럼 난 일부분만 업그레이드된 것 같았다.

주은이에겐 내가 깨달은 것과는 무관한 행동을 계속했다. 주은이 표현대로 내가 주변 사람들에게 투정을 해 왔던 게 맞으므로 주은이의 말을 접수하고 주은이에게 사과하는 게 맞다는 걸 알지만 그럴 수 없었다. 주은이를 용서하고 싶지 않았다. 그러기 위해서는 합리화를 해야 했다.

'아무리 맞는 말이라 해도 전달 방법이 잘못되었으므로, 주은이는 내게 씻을 수 없는 잘못을 저지른 거다. 고로 난 그 애를 용서할 수 없다. 그러므로 그 애 역시 당할 만큼 당해야 하고 그게 공평하다.'

앞서도 말했듯이 이성 앞에 서서 설레발을 치는 감정이 그렇게 총정리를 했다. 그래서 주은이가 톡으로 보낸 사과는 끝까지 읽지조차 않았고 복도에서 주은이가 내 팔을 잡고 말을 걸어도 난 다소 잔인하리만큼 냉정하게 무시했으며 또 전화도 받지 않았다. 심지어는 주은이가 창가에 서 있다는 걸 알고는 일부러 승미와 팔짱을 끼고 보란 듯이 운동장을 한 바퀴 천천히 돌았다. 과장된 웃음도 지어 보이고 승미 교복 치마도 털어 주면서. '대체 이게 무슨 의미람?' 하는 자괴감과 한때 주은이와의 우정을 떠올리며 자책도 했지만 그건 늘 나의 분함에 비하면 그 양이 많지 않은 것이라 흐지부지 없어졌다.

나의 일관된 거절에 익숙해진 건지 어느 순간부터는 주은이 역시 더 이상 내게 화해의 제스처를 보이지 않았다. 그냥 우리는 서로 투명 인간처럼 지냈다. 그렇게 우리는 모르는 사이처럼 지낼 수 있었지만 내게 있어 주은이는 절대 모르는 아이일 수 없기 때문에 난 주은이를 괴롭혀서라도 내 존재를 알리고 싶어졌다. 이게 사람들이 말하는 애증이란 양가감정인가?

난 교실 안에서 주은이를 교묘하게 따돌리기 시작했다. 절대 유치해지고 싶지 않아 노골적이지 않게 아주 우회적인 방법으로 은따를 시켰지만, 그걸 모를 리 없는 주은이의 어이없어하는 표정을 여러 번 목격해야 했다. 그럴 때마다 자존심이 너무 상해서 내 행동을 멈추고 싶었지만 경사진 언덕에 놓인 공처럼 운명적으로 계속 굴러야만 했다. 이런 걸 '피해 의식을 가진 자의 주먹질'이라고들 하겠지만 지금으로서는 나의 이러한 주먹질이 아주 정당하단 기분이 들었다.

'아파서 비명을 지르고 힘들어서 주먹질하는 건데 그게 왜 나쁜 거지? 좀 봐줘야 하는 거 아냐?'

이게 틀린 생각이라 느껴질 때면 난 억지도 부려 본다.

'뭐 어때! 아, 몰라!'

노력해서 얻은 것도 아니고 단지 '응애' 하고 그 집에 태어나면서부터 나보다 많은 것을 누리고 느끼고 맛보고 즐겼을 주은이를 생각하면 그 애가 나를 비난해서는 안 되는 거였다. 난 그 애에게 거슬러 받아야 할 나머지가 있단 생각이 자꾸만 든다. 왜 그런 건지 모르지만.

아무튼 난 주은이만 생각하면 내 안의 모든 균형이 다 깨지는 기분이 든다. 주은이와의 거리 두기에서만큼은 완전히 실패했다.

# 벽을 통과하는 중<sup>★</sup>

감기 때문인지 머리가 쪼개질 듯 아파서 조퇴하고 집에 와서 잤다. 한 시간쯤 달게 자는데 방문 밖에서 이런저런 소리가 들리기 시작한다. 현관문 버튼 누르는 소리와 뒤이어 슈퍼 아줌마의 걸걸한 목소리와 엄마의 비명 같은 파열음 소리가 사이사이 들려온다. 아줌마가 계시니 안에서 기척을 낼 수도 있었지만 만사가 귀찮아서 이불을 뒤집어쓰고 다시 잠을 청했다. 하지만 내 귀로 들려오는 아줌마의 말소리만으로도 무슨 일이 벌어지고 있는지 충분히 알 것 같아 도무지 잠을 잘 수가 없었다. 이렇다 할 말소리는 들리지 않았지만 동행한 누군가가 제3의 인물에게 우리 집을 보여 주고 있는 게 분명했다. 그것은 우리가 또 이사를 갈 예정이란 소리다.

얼마 전부터 아빠가 일하던 식당이 문을 닫을지도 모른다고 걱정을 하는 이야기를 한두 번 들은 적이 있다. 그리고 그렇게 되면 다시 대전이나 친가가 있는 부여로 내려가야 할지도 모른다고 두 분이 말을 꺼내긴 했다. 하지만 그건 의례적인 걱정일 거라고 생각했다. 아니, 어쩌면 그런 일이 현실이 되지 않길 바라는 마음에서 난 일부러 모른 척하고 있었는지도 모른다. 사실 그런 일은 하루아침에 일어나지는 않는다. 담벼락에 금이 조금씩 가다가 어느 날 무너지듯이 이미 오래전부터 서서히 균열이 가고 있었을 테니까. 지지난달 다니던 수학 학원을 끊어야 했을 때 눈치를 챘어야 했는지도 모른다. 하지만 우리 집의 현실이 어떻든 간에 지금 내 머릿속에 분명하게 드는 생각은 딱 한 가지다.

'더. 이. 상. 이사 가고 싶지 않다.'

이사는 곧 전학을 의미한다. 어른들은 그깟 전학이 뭐 대수냐는 식이지만 절대 그렇지 않다. 우리에게 전학은 세상이 바뀌는 일이다. 내가 딛고 선 땅이 흔들리고 뒤집히고 그래서 한 세계가 무너지고 또 다른 세계를 구축해야 하는 일이므로 절대 간단치 않다. 학교는 공부만 하는 곳이 아니다. 가방만 들고 가서 샘이 전해주는 지식만 냉큼 주워 오는 학원과는 다르다. 한쪽만 잡아당겨도 줄줄이 달려 나와 그 일대의 땅을 다 훑어 내는 고구마 줄기처럼 학교 안에서 내가 선 땅은 딛고 있는 그 한 면이 전부가 아니다. 교실 안에서의 내 입지, 친구들과의 관계, 인간관계에서 파생된 나의 감정 등등을 일시에 다 갈아엎어야 하는 엄청난 작업이다. 초등학교 4학년 때부터 중학교 3학년까지 난 전학을 세 번이나 해야 했다. 그래서 누구보다 잘 안다. 갈아엎은 새 땅에 새롭게 씨앗을 심기 위해 얼마나 많은 에너지를 쥐어 짜듯 만들어 써야 하는지 안 해 본 애들은 모를 거다. 학교마다 수업 진도가 안 맞아서 앞뒤로 뭉텅 빠진 내용을 못 따라가 눈치를 보는 것 따위는 고통 축에 속하지도 않는다. 그거야 일정 시간 시행착오를 겪으면 혼자서도 얼마든지 복구할 수 있으니까. 정말 힘든 건 새로 들어간 교실 안의 역사를 혼자서 눈치껏 때려잡고 교실 안의 서열과 미묘하게 얽힌 감정의 흐름을 읽어 내는 일이다. 그리고 내가 서 있을 자리를 잘 찾아내서 안착하는 일까지 해 내기 위해서는 나의 촉수를 수만 번 움직여 대야 한다.

하지만 이렇게 힘든 전학에 대해 내가 입을 벌려 누군가에게 하소연해 본 적은 한 번도 없다. 왜냐하면 개선의 여지가 있을 수 없는 일에 대해 구체적으로 떠벌려 봐야 모두가 다 손해란 걸 알기 때문이다. 우리 집에서 이사는 집안 사정상 하는 것이고, 집안 사정이란 건 거의 다 부득이한 일이기 때문이다. 경제적인 이유로 어쩔 수 없이 하는 이사인데 내가 그 부분의 애로 사항을 조목조목 들어서 이야기한다면 그건 마치 엄마, 아빠의 상처를 조준해서 일부러 잽을 날리는 것과 다를 바 없을 테니까. 엄마, 아빠를 아프게 하는 건 결국 나 자신에게 커다랗고 굵은 흠집 하나를 내는 것과 다름이 없는 일이다. 골이 깊게 파인 상처로 엄마의 눈물이 흐르는 걸 보는 건 고통이다. 그러니 내 세상이 바뀌든 뒤집히든 물구나무서기를 하든 나 혼자 꿀꺽 참아야 했다.

이제까지는 그랬다. 하지만 지금부터는 조금 달라야 한다고 생각한다. 도망질을 친 그때 이후부터 내 안엔 나만을 위한 행보에 대한 생각이 분명해졌다. 곁가지를 쳐낸 오로지 나 하나만의 홀가분한 몸통. 그건 나만 살면 된다는 식의 이기적인 생각에서 오는 게 아니다. 그동안에 미처 못 보고 지냈던 내 자신에 대한 열중을 뜻한다. 그렇다고 엄마, 아빠의 상처를 가격하겠다는 건 아니다. 그냥 난 몸을 틀어 엄마, 아빠와의 대열에서 이탈해 다른 길을 가는 방법을 찾아봐야겠다고 생각했다. 이건 그냥 본능적으로 떠오른 건데 더 이상 전학 가고 싶지 않다는 욕구가 떠오름과 동시에 그 뒷면에 수순처럼 등장한 생각이다.

명분은 확실하다. 중학교 때와 달리 고등학교에서의 전학은 더 치명적이다. 난 대학을 가야 하고 그러기 위해서는 다른 곳에 에너지를 무분별하게 소모할 수 없다. 공부하는 것만으로도 충분히 벅차다. 그러니 난 이제 전학을 갈 수가 없다. 물론 이 외에도 내가 전학을 갈 수 없는 이유는 더 많이 있다. 난 시골로 다시 내려가고 싶지도 않고 주은이의 시야에서 벗어나고 싶지도 않으며 주은이 앞에서 보란 듯이 주은이보다 더 좋은 대학에 가는 걸 보여 주고 싶고 희수와도 멀어지고 싶지 않다. 하지만 이 모든 것들은 명분으로 드러내 앞세우기엔 다소 설득력이 없는 것들이라 그냥 뒷

주머니 속에 감춰 두고 오로지 '대입'만을 내세우기로 작정했다. 하지만 전학을 피할 수 있는 뾰족한 대안은 없다. 분명 경제적인 이유로 이사하는 걸 테니 내가 그걸 막을 힘이 있을 리 만무하다. 하지만 대열에서 이탈할 수도 있다는 가능성에 나의 온 힘을 실어 본다. 확실한 명분을 앞세우고 대안을 찾아 제시하면 엄마, 아빠의 상처를 건드리지 않고도 얼마든지 여태까지와는 다른 결론을 얻어 낼 수도 있다고 생각한다. 그날 그곳에 있지 않고 다른 방향으로 도망쳤듯이 말이다.

"유나 엄마, 다음 달 중순쯤이면 뺄 수 있지? 있다네요. 좋은 데로 간다며? 빠를수록 좋겠지 뭐."

부동산 아줌마의 말대로라면 다음 달 중순에 이사를 간다. 그렇다면 시간이 얼마 남지 않았다. 현관문 닫히는 소리가 난 뒤 마침내 고요가 찾아왔다. 하지만 내 맘속은 그 어느 때보다 시끄러워진다. 난 벌떡 일어나 책상을 뒤지기 시작했다. 언젠가 이모의 연락처가 적힌 종이를 책상 속에 간직해 놓은 적이 있다. 난 그걸 찾기 시작했다. 다음 달 중순이라고? 마음이 다급해져서 한시도 늦출 수가 없다.

내가 생각해 낸 대안은 오래전부터 상상 속에서 시뮬레이션하면서 만나 오던 외할머니다. 아니, 정확하게 말하면 지금 내게 필요한 부분은 외할머니와의 만남이라기보다는 외갓집으로의 입성이다. 물론 오래전부터 상상 속에서 시뮬레이션을 해 온 이유는 이런 일을 염두에 두어서는 절대 아니다. 그냥 내게 있어 외갓집은 누락된 무언가를 채워 줄 수 있는 최후의 보루란 생각이 늘 들었다. 옷장 속 깊이 들어 있는 상징적인 가보와도 같은 존재라고나 할까? 나의 다친 자존심을 치유해 줄 수 있는 연고와도 같은 존재이면서 언제든 가슴이 헛헛할 때면 꺼내 볼 수 있는 훈장과도 같은 존재였다.

사실 난 외갓집에 대해서는 약간의 기억도 없고 아는 바도 거의 없다. 우리 집에서 외갓집은 입에 올려서는 안 되는 금기 같은 거였으니까. 다만 내가 아는 사실로는 외갓집이 부자라는 것. 외할아버지는 한때 타이어 회사 사장이었고 외할머니도 유명한 대학 부속 유치원 원장을 지내신 분이며 그리고 큰외삼촌은 미국에서 의사이고 둘째 외삼촌은 이름만 대도 알 만큼 유명한 교수이고 또 엄마의 유일한 여동생인 이모는 골드 미스인데 잘나가는 의류 업체의 수석 디자이너라고 들었다. 물론 내가 직접 들은 건 아니다. 오래전에 친할머니가 동네 할머니한테 이야기하는 걸 우연히 들은 적이 있다. 그렇기 때문에 사실이 아닐지도 모른다. 친할머니는 무슨 이야기든 부풀려서 이야기하는 습관이 있으시니까. 아주 오래전에 돌아가셔서 난 얼굴도 못 뵌 친할아버지가 살아 계실 땐 부여 일대의 땅이 다 할아버지 소유였다거나 할머니가 아가씨였을 땐 할머니를 좋아하는 남정네들이 너도나도 할머니집 일을 돕겠다고 나서서 농번기엔 시험을 봐서 일을 시켜야 할 정도였다는 식의 믿기 힘든 이야기를 거침없이 하시는 스타일이다. 옛날이 야기는 검증이 안 되니 그렇다 치더라도 실제로 내가 직접 경험한 적도 있으므로 할머니의 과장은 가히 상습적이라 할 수 있다. 아주 오래전 내가 초등학교 시절 분명 반에서 5등을 했다고 손가락 다섯 개를 펴 보이면서 말했는데도 할머니는 동네 사람들에게 전교 1등을 했다고 뻥을 치시며 빵을 사서 돌리셨다. 내가 나중에 왜 그랬냐고 물어보니 할머니는 귀가 잘 안 들려서 그렇게 들었다고 둘러대셨다. 하지만 난 할머니의 표정을 보고 그게 아니란 걸 알 수 있었다. 빤히 바라보는 나를 보고 할머니는 윽박지르듯이 다시 정정했다.

"반에서 5등이면 전교 1등 먹는 건 일도 아니여."

어쨌든 할머니의 그런 과거 때문에 외갓집에 대한 정보가 사실이 아닐 수도 있겠단 심증은 있었지만 난 일부러 사실을 재차 확인하지 않고 그대로 믿기로 했다. 그때 동네 할머니가 그 말을 듣고 비웃었다.

"얼랄라. 안 보고 산담시 그기 다 뭔 소용이유. 대통령이라도 아무짝에 소용 없슈."

이렇게 말씀하셨지만 난 그 말에 동의하지 않았다. 나에게 외갓집은 소용의 차원이 아니었다. 외가 친척은 나를 이루는 일부이니까. 그래서 내 안엔 외갓집 스토리가 묵직한 자부심이 되어 자리 잡고 있었다. 좁은 보폭으로 땅바닥만 쪼면서 종종거리며 다니는 닭이지만 걔들도 한때 날개를 펄럭이며 날아다녔다는 화려한 과거가 있다는 걸 떠올리면 왠지 달라 보이듯이, 그냥 내 안에도 농아인 엄마, 아빠만 있는 게 아니라 근사한 이력을 가진 친척들과 할머니, 할아버지가 있다는 게 마음에 들었다.

　유치찬란하지만 가끔 유배지에 갇혀 사는 공주인 양 엄마를 상상해 볼 때도 있었다. 그렇게 되면 공주의 딸도 결국은 공주인 거니까. 난 후줄근한 옷을 입고 있어도 안으로부터 배어 나오는 기품이 있고 선천적으로 타고난 품위가 있는 공주가 된 상상을 하게 된다. 그리고 그 상상의 끝에 다다르면 난 어깨가 볼록한 핑크색 드레스를 입고 성으로 되돌아갈 채비를 하고 있다. 누추한 현실을 잊어 버릴 수 있는 순간이다. 온갖 은유를 금박의 천처럼 온몸에 휘감고 근사한 이야기를 지어내어 내 스스로를 위무하는 건 삶의 휴식 같은 거니까. 그래서 난 그동안 엄마에게 일부러 외갓집 이야기를 안 꺼냈다. 금기라고는 해도 선을 밟으면 죽는 종류의 금기는 아니니까 얼마든지 물어볼 수 있었음에도 말이다. 그나마 남은 내 안락한 상상이 다 박살이 날까 두려워서이다. 하지만 이제 최후의 보루로 남겨둔 나의 상상, 그걸 상상 속에서 꺼내 현실로 들여놔야 할 때가 되었다. 이제 더 이상 전학 당하기 싫으니까. 급한 마음에 책상 서랍을 다 뒤집어엎어서 이모의 이름과 연락처가 적힌 종이를 찾아냈다.

"한여주 씨 계신가요?"

전화를 받은 여자는 계신다는 대답 대신 한 칸을 훌쩍 건너뛰며 "어디라고 전해 드릴까요?" 이렇게 묻는다. 차근차근 물어도 될 텐데. 난 약간 당황해서 나도 모르게 머릿속으로 농담을 내질러 본다.

'글쎄요, 여기가 어디일까요?'

솔직히 어디라고 말해야 하는지 막막해졌다. 이모가 내 이름을 알 리는 없을 테고. 그냥 조카라고 하면 나를 떠올릴 수 있을까? 외삼촌들의 아들딸이 있을 테니 그냥 조카라고 하면 헷갈리겠지? 어쩌면 이모의 조카 리스트에 애초부터 내 이름은 등재되어 있지 않을지도 모른다. 그러니 '한여울 씨 딸'이라고 전하면 혹시 그냥 생까는 건 아닐까? 엄마가 외갓집 식구들과 안 보고 산 세월이 얼마인데. 내가 태어난 뒤로는 본 적이 없을 테니 17년이 훌쩍 넘었을 텐데⋯⋯. 그리고 만약 엄마가 안 본 게 아니라 못 본 거라면? 이모 역시 엄마를 안 보기로 작정을 한 걸 테고 그렇담 나를 반길 리가 없지 않을까? 이런 두려움이 먼저 달려 나와 내 정신을 혼미하게 만든다. 어떤 기막힌 사연이 있었다 한들 부모 형제가 서로 나 몰라라 한다는 건 쉬운 일이 아닐 텐데⋯⋯. 그걸 할 수 있었던 사람 중 하나가 바로 여주 이모라고 생각하면⋯⋯ 혹시 외갓집 식구들은 다들 냉혈한이 아닐까? 생각이 여기까지 이르고 보니 '처음부터 잘못된 걸음을 한 걸지도 몰라' 이런 생각이 들어 전화를 끊어 버리고 싶을 지경이 되었다. 그래도 내친김에 일단 대답은 해 본다.

"조카예요. 서유나."

"네. 지금 손님과 얘기 중이시니까 끝나는 대로 바로 연락 드릴 게요."

그리곤 바로 끊어 버린다. 황당하다. 내 번호도 안 묻고 끊어 버리다니. 난 이모의 조카지만 숨겨진 조카라 내 연락처조차 모를 텐데. 순간 그냥 이대로 다시 집으로 돌아가는 게 정답인 것 같다는 회의가 떼로 몰려온다. 대체 어떻게 무슨 이야기를 해야 할지 서두조차 마련해 놓지도 않은 채 이모를 찾아왔다는 것 자체가 말이 안 된다는 당위성이 내게 집으로 돌아가라고 충고한다.

'야야! 집에 가라 가!'

확신이 없던 터라 난 바로 동의한다.

'맞아! 이렇게 오는 게 아니었어.'

연락처도 묻지 않고 끊어 버리는 경우처럼 이모 역시 황당하다는 표정으로 내게 다가설 수도 있단 생각이 든다. 그렇게 되면 난 여지 없이 백기를 들고 전학을 당하는 것 외엔 방법이 없다. 이모네 회사 주소지 근처에 있는 편의점 앞 테이블에 앉아 있던 나는 작전상 후퇴를 하기로 했다. 회사 이름은 언젠가 쓰레기 분리수거를 하는데 엄마가 쓰다 버린 수첩에 적힌 메모 중 한여주란 이름과 함께 회사 이름과 주소가 적힌 걸 본 적이 있어서 냉큼 주워 보관

했다. 엄마 이름과 비슷한 거로 봐서 틀림없이 이모일 거라고 확신했는데 불안한 마음이 드니 어쩌면 그 이름이 이모가 아닐 수도 있단 생각까지 들었다. 세상에 한 씨가 한둘도 아닌데…… 내 참!

아무튼 난 후퇴를 결심하고 일어섰다. 그때였다. 내 핸드폰의 벨이 울렸다. 모르는 번호라 한참을 들여다만 보는데 웬 여자가 다가서며 내게 말을 걸었다.

"어라? 요기 있었네? 너…… 서유나?"

올려다보는 순간 한눈에 이모란 걸 알았다. 교묘하게 약간 다른 모양으로 짜깁기 된 엄마의 얼굴이 내 앞에 서 있었다. 짜깁기 된 건 얼굴만이 아니라 마른 체형과 길쭉한 실루엣까지도 그랬다. 심지어 이모의 얼굴 속엔 내 모습까지 있었다. 우린 같은 공장 출신인 게 분명했다.

"한눈에 알겠네. 네 엄마 쏙 뺐다, 애!"

이모도 나와 비슷한 생각을 하고 있었다고 말하며 활짝 웃는다. 웃을 때 보조개와 비슷하게 보이는 주름이 생기는 것까지 엄마를 닮았는데 그런 이모를 올려다보고 있으니 나도 모르게 울컥했다. 마치 지난 시간을 내가 본의 아니게 고립당해서 산 것 같은 억울함이 사무쳐서인 것 같기도 했고 한편으론 말하는 엄마를 보는 것 같은 기분이 들어서이기도 했다. 손으로 말고 입으로 말하는 엄마 말이다. 나도 모르게 눈가가 촉촉해지는 게 느껴져서 '이대로 이모와 포옹이라도 하고 울어야 하는 건가?' 하고 오바를 하고 있는 중이었는데 이모가 대뜸 판을 깼다.

"근데 이것 좀 나눠 들자."

이모는 양손에 들고 있던 쇼핑백 중 하나를 내게 건넸다. 그리고는 저벅저벅 정말 씩씩하게 앞장서서 공영주차장 쪽으로 갔다. 난 얼레벌레 이모를 따라가야 했다. 쇼핑백은 보기와 달리 정말 무거웠다. 팔이 떨어질 만큼 무거워서 태어나 처음 만난 이모에게 보자마자 혹사당하는 기분이 들었다.

'이건 뭐지? 서론도 없이 본론으로 성큼성큼 들어가는 이 이해 안 되는 상황은 뭐지? 나를 개무시하겠다는 무례함인가? 아님 이모란 사람의 캐릭터인가? 나를 부둥켜안고 눈물이라도 찔끔 흘리는 척하는 게 가장 기본적인 순서 아닌가? 그러니까 결론적으로 이모는 어느 날 갑자기 불쑥 나타난 조카가 반갑거나 놀랍거나 혹은 충격적이지 않다는 건가? 마치 알바생이라도 만난 듯 나한테 무거운 쇼핑백이나 들리고 저렇게 뒤도 안 돌아보고 걸어가는 이 상황을 대체 어떻게 해석해야 하지?'

이런 생각들을 길에 줄줄 흘려 가면서 뒤따라가려니 슬슬 화가 나기 시작했다. 눈물까지 찔끔 나오려고 했다.

"자! 여기다 넣어 주시고."

이모는 허름한데다 지저분하기까지 한 구식 중형차 트렁크를 열더니 쇼핑백을 넣으라고 주문했다. 이모의 차를 보는 순간 역시 친할머니의 뺑은 알아줘야 한다는 생각이 머리를 스쳤다. 쇼핑백을 넣자 그제야 이모는 목적지에 도달한 자들이 내뱉는 듯한 숨을 몰아 내쉬곤 말했다.

"어휴! 어찌나 무겁던지…… 해치웠으니까, 우리 이제 정식으로 인사해 볼까나?"

그리곤 손바닥을 바지에 쓱쓱 문질러 닦고는 나를 왈칵 부둥켜안았다.

"서유나, 반갑다. 잘 왔어! 굿! 굿! 굿!"

이모가 어찌나 세게 부둥켜안던지 약간 숨이 막힐 지경이었는데 그게 반가움의 척도인 것 같아 묘한 쾌감이 일었다.

'혹시 이모의 이 놀라운 악력은 다시는 나를 놓지 않겠다는 결연함이 아닐까?'

내 맘대로 또 추측해 본다. 즐거운 상상은 어떤 경우에든 즐거운 거니까. 아무튼 이모의 감동적인 포옹 덕에 조금 전에 내가 길에 흘리고 온 모든 생각들은 일시에 증발되었을 뿐 아니라, 이젠 농밀한 가족애가 안에서 뭉클뭉클 솟구쳤다. 난 이모의 대사가 정말 맘에 들었다. 아무것도 묻지도 않고 따지지도 않고 그냥 잘 왔다고 '굿!'을 연거푸 외쳐 주는 이모가 너무너무 고마웠다. 앞에 보이는 이모의 꼬질꼬질한 흰색 차마저도 정말 인간적으로 여겨질 정도였다. 한마디로 짱! 이다.

근처 패스트푸드점에 앉아 햄버거를 한입 크게 베어 물자마자 이모는 내게 물었다.

"그래서 왜 나를 찾게 된 거야?"

"그게······."

이모는 처음 보는 사람들 사이라면 으레 있어야 할 낯섦이나 어색함을 한순간에 날려 버리는 재주가 있었다. '훅' 하고 한방에 다가앉아 허심탄회하게 자기 속을 내보이는 이모 특유의 표현법 때문인 것 같았다.

"그게 뭐?"

"가능할지는 모르지만····· 그러니까······."

"편하게 말해. 어려워할 필요 없어. 엄마도 모르게 나를 찾았을 땐 뭔가 절박한 사정이 있었겠지. 얘기해 봐. 내가 가능하거나 말거나 찾아온 용건은 어차피 얘기해야 하니까. 본론 먼저 이야기하고 부연 설명 듣자."

본론? 본론이라면 딱 한 가지다.

"전학 가기 싫어요."

이모 말대로 본론을 내놓고 그간의 스토리를 줄줄 읊어 댔다. 내가 왜 전학을 갈 수 없는지에 대해. 그리고 전학을 안 갈 수 있는 방법으로는 결국 외갓집밖에 의지할 데가 없어서 궁리 끝에 이렇게 왔다고. 내 말을 다 들은 이모가 대답했다.

"그러니까 전학을 피하는 방법, 일명 전피방을 찾기 위한 거다? 좋아. 나도 본론 먼저 이야기할게. 안 돼."

한참을 망설이다가 머뭇거리며 이야기해야 어울릴 법한 '안 돼'

란 말을 이모는 아주 천연덕스럽게 말한다. 야속한 맘에 한껏 주눅이 들어야 할 것 같았건만 웬걸? 이모의 거침없음 때문에 나 역시 덩달아 거침없이 되묻게 된다.

"왜요? 외갓집에서 저를 받아 줄 형편이 안 되는 건가요?"

"우리 쪽보다는 너희 엄마가 절대 허락을 안 할 거야. 너도 알다시피 얼굴도 안 보고 사는 우리한테 너를 맡길 리 없잖아? 그리고 또 하나, 너의 이야기의 핵심은 '전학으로 에너지를 뺏기면 대학에 갈 수 없다'인데 네 엄마한테 허락받기까지 써야 할 에너지도 장난 아닐 거고 게다가 낯선 외갓집에서 사는 것도 만만치 않게 에너지를 소모하는 게 될 텐데. 넌 모르겠지만 외할머니도 그다지 편한 분은 아니거든. 그렇게 되면 결국 그게 그거 아닐까?"

"대학에 가기 위해 낯선 곳에서 하숙이나 자취를 하는 애들도 있어요. 전학과는 다른 에너지라 그건 제가 감당할 자신 있어요. 전 대학을 가고 싶은 게 목적이니까요. 그럼…… 제가 엄마한테만 허락을 받으면 외갓집에서는 받아줄 수 있는 건가요?"

"십몇 년씩 엉킨 가족 간의 갈등을 풀어 내야 하는 문제인데 가능할까?"

"허락만 해 주시면 시도해 볼게요."

"좋아. 귀하가 정 그러시겠다면…… 나도 집에 얘기할게."

그렇게 결론을 내리고 이모와는 쿨하게 헤어졌다. 헤어질 때 이모는 내 등을 두들기며 격려를 해 줬다. 결코 쉽지 않겠지만 승부를 걸고 해 볼 만한 일일지도 모른다며.

"엄마, 아빠와 떨어져서 사는 게 쉬운 일은 아니지만…… 뭐 어차피 모두가 다 똑같은 방식으로만 살아야 하는 건 아니니까."

하며 파이팅 주먹을 쥐어 보였다. 난 그러마 하고 고개를 끄덕이며 활짝 웃었는데 이모는 내 모습이 안쓰러워 보였는지 가다 말고 다시 돌아와 한마디 더 한다.

"하다가 힘들면 네가 '벽을 관통하는 중'이라고 생각해. 그건 네가 뭔가를 확실하게 하고 있다는 증거니까."

이모의 그 말은 살면서 두고두고 내게 큰 위로가 되었다. 정말 힘들어서 미칠 것 같은 때에도 늘 포기하지 않고 '관통'하기 위해 '얍!' 하고 한 번 더 힘을 냈다. 안 그러면 벽에 갇혀 있는 나를 봐야 한다고 상상하면서 말이다. 언젠가 TV에서 본 프랑스 몽마르트의 마르셀 에메 광장에 있는 벽에 갇힌 남자의 동상처럼 되지 않기 위해서라도 난 주문을 외듯 외쳤다.

'난 지금 벽을 통과 중이야. 그러니까 힘을 내서 앞으로 나가야 해.'

# 배신자가 되지 않는 방법 ★

―배신자.

학교에 도착해서 교실에 앉으려는데 톡이 뜬다. 내용상 주은인
가 했는데 다시 보니 엄마다. 엄마가 딸에게 보내기엔 전혀 적절
치 않은 표현이다. 유치찬란 뽕짝이다. 난 안 본 척하려고 숫자를
보존하고자 일부러 톡을 건드리지 않는다. 톡을 보고도 답을 안
하면 엄마는 종일 걱정된다는 내용의 톡을 연이어 보내는 스타일
이다. '점심은 먹었고?', '배 아프다더니 괜찮아?', '답 없네. 뭔 일
있어?', '난 우울해.' 등등. 물론 오늘 같은 경우는 걱정 대신 공격
을 계속하겠지만. 그래서 난 일부러 안 본 척을 한다. 주은이 이름
옆에 붙은 빨간색 숫자에 이어 엄마 이름 옆에도 숫자가 붙어 있

다. 새삼 주은이의 톡 내용도 궁금하지만 참는다. 안 본다는 것 역시 또 다른 의사 표현이니까. 하지만 목에 걸린 가시처럼 주은이란 존재는 계속 나를 자극한다.

엊그제 이모를 만나고 온 날 저녁, 정말 진지한 표정을 지으며 엄마, 아빠에게 면담을 청했다. 마치 전쟁에 나가기 전날의 장수처럼 비장한 모습에 예의 바른 태도까지 곁들여서 말이다. 소파에 앉아 계신 엄마, 아빠를 앞에 두고 일부러 무릎까지 꿇었다. 이 정도면 정말 흔한 설정이 아니다. 그리곤 두 분을 향해 골고루 진심 어린 눈빛을 전달하면서 수어로 내 생각을 이야기했다. 전학 가기 싫다고. 아니 전학 갈 수 없다며. 내 미래를 위해 나는 부여로 내려가지 않겠다고.

물론 충격을 덜기 위해 외갓집 이야기는 꺼내지 않은 채 본론만 말했다. 그러면 분명 두 분은 내가 이곳에 남아 있을 수 없는 현실적인 이유에 대해 이야기하리라. '여고생을 어떻게 혼자 이곳에 남겨 두겠니?', '우리는 너 방 얻어 줄 만한 돈이 없단다.' 등등. 그러면 그때 외갓집 이야기를 꺼내야지. '사실은 내가 이모를 만났는데……' 이런 식으로 순차적으로 문제를 풀어 나가야지. 여기까지가 내 머릿속 순서였다.

그런데 두 분은 밥상을 엎어 버리듯이 내 예상을 엎었다. 일단 아빠는 내 이야기를 듣고는 여느 때처럼 눈을 껌뻑이고 계셨는데 난 아빠가 눈을 껌뻑이며 머릿속으론 내가 한 말에 대해 심사숙

고하는 중이라 생각했건만 완전 오해였다. 아빠는 말도 안 된다며 피식 웃더니 머리만 흔들면서 옆에 놓인 리모컨을 집어 들고 TV 를 켰다. 말이 안 되는 이야기는 더 듣지 않겠다, 이런 뜻이다. 일 명 개무시.

— 나. 전학. 안 간다.

난 벌떡 일어나 다소 격앙된 얼굴과 손짓으로 또 한 번 의사 표 현을 했다. 하지만 아빠는 내 말에 대한 대답은커녕 나의 진지함 에 최소한도 부응하지 않는다. 그리곤 아빠는 내게 'TV를 가리지 말고 저리 비켜라'는 식의 손짓만 한다. 너무 어이없어 기막혀하 는 표정으로 TV를 가리고 버티고 서 있자 그제야 엄마가 대신 반 응을 한다.

— 말. 안 된다. 바늘. 간다. 실도. 간다.

— 나. 실. 아니다.

한껏 화가 난 표정을 지어 보였건만 엄마는 내 말을 그야말로 시답잖은 말로 만들 작정인 듯 피식 웃으며 시종일관 농담으로 받 는다.

— 맞다. 너. 실. 아니다. 내 딸. 사람이다.

— 나. 전학. 안 간다.

— 주말. 부여. 새집. 보자.

— 싫다.

— 이사. 좋다. 작은아버지. 읍내 가게. 공짜. 줬다. 엄마 퀼트 숍.

아빠. 큰 중국집. 일한다. 근처. 아파트 단지. 사람. 많다. 퀼트 오후 강의. 너. 돕다.

—싫다.

부여 작은아버지가 읍내 나대지에 작은 건물을 지으셨는데 분양 안 된 빈 상가를 엄마에게 퀼트 숍으로 쓰라고 내주셨다. 그동안 엄마는 집에서 퀼트 작품을 만들어 납품만 해 왔는데 이제 엄마가 직접 숍을 운영할 수 있게 된 거다. 엄마의 오랜 꿈이 실현된 거라 좋은 일이긴 하지만 오후에 엄마 숍의 일을 나한테 도우라고 요구하는 건 진짜 무리다. 난 조만간 수험생 모드로 들어가야 한다. 요즘도 틈만 나면 야자를 빼고 두 분의 일을 도우라고 하는데 그건 아니라고 본다. 언제까지 내가 두 분의 조력자로 살 수는 없는 법이다.

—나. 엄마. 안 돕는다. 여기서. 학교. 다닌다.

—너. 나. 아빠. 우리 가족. 같이 산다.

—가족도. 따로. 산다. 나. 대학. 간다.

—거기. 대학. 있다. 이사. 모두. 좋다.

엄마의 말로 미루어 보건대 이번 이사는 절대 부득이한 게 아니다. 엄마가 숍을 할 수 있고 아빠가 큰 식당에 취직할 수 있어서 가는 거라고 했다. 부동산 아줌마가 좋은 데로 간다며 어쩌고저쩌고한 이야기가 괜한 말은 아니었다. 아무튼 두 분은 애초부터 곧 수험생이 될 딸에 대한 배려는 별로 없었던 듯하다. 진짜로 나를 엄마, 아빠라는 바늘 몸통에 꿰어야 하는 실로만 여기나 보다. 꿰어서 어디든 끌고 다니는 실.

—나. 여기. 대학. 간다.

—반대. 가족. 함께. 산다.

—싫다.

내가 머리를 흔들며 도리질을 치자, 갑자기 TV 볼륨 소리가 커진다. 아빠가 의도적으로 키운 거다. 어차피 아빠에겐 들리지도 않는 TV 소리를 키운 건 나한테 '닥쳐'라고 하는 거다. 나도 지고 싶지 않아 더 크게 머리를 흔들어 대며 수어를 했다. 마치 헤드뱅잉이라도 하듯이. 아빠가 키운 볼륨에 맞춰서 더 큰 동작으로. 그러자 이번엔 엄마가 쿵쾅거리며 발을 구른다. 화가 날 때 엄마가 하는 행동이다. 엄마 식의 '닥쳐'다.

—그만. 늦었다. 자라.

—나. 부모. 부속품. 아니다. 내. 생각. 존중해 줘라.

—우리. 가족. 다르다.

결국 또 그 소리다.

'우린 서로 도와야 한다. 한 배를 탔으니 n분의 1을 해야 하는 게 가족이다. 남들과 다르게 우린 너를 어렵게 키웠다. 그걸 왜 모르느냐!'

여기까지 이야기하고는 엄마는 자신의 신세타령에 감정이 고조되어 눈물을 보인다. 그러면 난 항상 이 대목에서 고개를 떨구고 엄마의 눈물에 밀려서 투항하며 방으로 들어가곤 했다. 내 주머니엔 항상 준비된 백기가 있으니까. 엄마의 눈물을 거스르면서까지 내 의견을 고수할 만큼 엄청난 일은 없다고 늘 생각했다. 세상에 누가 자기가 탄 배를 손수 뒤집겠는가? 내가 탄 배가 뒤집히지 않게 하려면 구성원들을 존중해야 하고 구성원 셋 중 하나인 엄마, 그것도 나를 낳아 준 말 못 하는 약한 엄마를 괴롭혀서는 절대 안된다. 이른 새벽부터 일어나 나를 위해 밥을 해 주고 나를 위해 졸음을 이기고 손가락을 찔려 가며 바느질을 해 온 엄마를 말이다. 그러니까 난 엄마의 뜻을 거슬러서는 절대 안 된다. 늘 이렇게 생각해 왔다. 아니, 이렇게 생각하는 게 정답이라고만 생각했다. 세상을 살아가는 방법에는 여러 가지 길이 있겠지만 우린 늘 모범 답안만을 강요받았으니까. 아니, 난 솔직히 선택의 여지라는 게 있는지조차 몰랐다. 내가 상상력이 부족한 탓일까? 아니면 무지했기 때문일까? 아무튼 내게 길은 하나였다. 그저 당위에 가까운 답안만이 있었다. 그런데 승미는 자기 자신이 되기 위해 야심 차게 각오를 다지고 기초 체력을 키우는 의미로 신발 돌려 끼우기 같은 발작도 한다고 했다.

그래서 나 역시 어느 순간부터 생각해 봤다.

'그렇다면 난 엄마에게 진 빚을 갚기 위해 나머지 인생을 살아야 하는 건가? 채무자가 되어 채권자의 요구에 뭐든 따라야만 하는 건가? 엄마의 가치관대로, 엄마의 세계관에서 만들어진 기준과 잣대에 따라서 내 취향과 내 가치관은 접어 둬야 하는 건가?'

아니, 아니다. 내 결론은 이렇다. 난 가족이 똘똘 뭉쳐 살아야 하기 때문에 내가 원하는 대학과 공부를 접고 가족이라는 밥솥을 머리에 이고 있는 세 개의 다리 중 하나로 존재 하고 싶지 않다. 찢어지지 못하고 내 갈 길도 못 간 채 영원히 내 머리 위에 가족이라는 솥을 얹고 살고 싶지 않다. 가족이란 살아 있는 유기체 같은 거라 그때그때 구성원에 따라 모양이 변하는 것이지 절대적인 것도 확정적인 것도 아니다. 그래서 용기를 냈다. 눈물을 흘리는 엄마를 위해 백기를 흔들며 내 방으로 도망치는 대신 다른 선택지를 손에 쥐고 말을 했다.

─오늘. 이모. 만났다.

선전 포고를 위해 '펑!' 하고 대포를 쏘듯이 이모 이야기를 과감하게 뱉었다. 일종의 배수진을 친 것이다. 등 뒤에 시퍼런 물이 있으니 이제 난 앞으로만 나가야 한다. 외갓집 이야기를 하지 않으면 아무리 내가 아우성을 친다 한들 내 제안은 허공을 떠돌다 흔적도 없이 사라지는 신기루 취급을 받을 게 뻔하다. 아닌 게 아니라 내 말에 엄마와 아빠는 일제히 '동작 그만'의 자세를 취하고는 나를 봤다. 기회를 놓쳐서는 안 되니 뒷이야기를 잽싸게 이었다.

─전학. 안 간다. 외갓집. 학교. 다닌다.

두 분의 동공이 제대로 확장되는 걸 보고서 이제야 이야기가 어떤 식으로든 진척이 되겠구나 하고 안심을 했는데 그건 나만의 착각이었다. 엄마는 더 이상 내게 아무것도 묻지 않고 돌아서서 울기 시작했다. 그것도 서너 살짜리 애처럼 크게 어깨를 들썩이면서. 그리고 아빠 역시 엄마의 남편이기만 하다는 듯이 나를 째려보고는 엄마를 달래기 시작했다. 그리곤 그것만으로는 충분치 않았는지 나만 거실에 남겨 두고 두 분은 방으로 들어갔다. 방문마저 쾅 소리 나게 닫고서.

그 뒤로 난 집에서 투명 인간이 되었다. 주말 내내 나를 위한 가장 기본적인 끼닛거리만 식탁 위에 올려 놓은 채 두 분은 방에서 거의 나오지 않았다. 두 분이 계신 방안은 언제나처럼 침묵으로 고요했다. 물론 안에선 두 분의 치열한 수어가 오가고 있을 것이다. 빠른 잽을 날리는 권투 선수처럼 말이다. '아무리 맘에 안 들어도 그렇지 어떻게 부모가 이럴 수 있지?' 하는 원망이 들었지만 그래도 마음 한구석에는 믿는 바가 있었다. '나를 비난하기도 하겠지만 그래도 궁극적으로는 내가 원하는 바에 대해 진지하게 토론을 하고 계시겠지. 나를 사랑하는 엄마, 아빠니까.' 이렇게 말이다.

투명 인간으로 지내는 시간은 힘들었지만 그래도 어차피 내가 원하는 걸 얻기 위해서 견뎌야 할 일정량의 필수 불가결한 과정이 있기 마련이라고 생각하며 버텼다. 강을 건너는데 발을 적시지 않고 건널 수는 없는 법이니까. 다만 내가 가슴 아픈 건 혹시라도 내가 정상아로 태어났을 때 두 분과 다르기 때문에 당신들을 이해 못하는 시간이 올 거라고 예견했던 그날을 떠올리며 '지금이 바로 그때'라고 생각하실까 봐 그게 제일 마음 아팠다. 그렇게 되면 나 역시 당신들의 장애를 문제 삼고 멀어져 가는 꼴이 되는 거니까.

하지만 이 일은 두 분이 나와 다르기 때문에 벌어진 게 아니라 그냥 어느 집에서라도 생길 수 있는 갈등일 뿐이다. 그 생각을 떠올리면 너무 마음이 아파 당장이라도 방문을 열고 뛰어들어가 '절대로 그건 아니다'라고 떠들어 대고 싶었다. 가슴의 통증이 극에 치달아 뻐근하게 조여 올 땐 차라리 '그냥 없었던 일로 하고 전학 갈게요' 하고 말하고 싶은 충동도 느꼈다. 하지만 그때 난 이모가 한 말을 떠올리며 참을 수 있었다. 내가 이렇게 아픈 건 벽을 관통하는 중일지도 모른다는 증거라고. 두려움과 외로움과 아슬아슬함의 감정을 번갈아 갈아타고 다니며 힘겹게 주말을 보냈다.

그렇게 폭풍 전야 같은 주말을 보내고 등교했는데 엄마는 내게 '배신자'라는 이름표를 붙여 주었다. 마치 주말 내내 두 분이 벌인 설전의 결론이기라도 하다는 듯이. 수업 중에도 내내 '배신자'란 말이 내 머릿속에 남아 떠나지 않는다. 대학을 가기 위해 부모님과 떨어져 이곳에 남겠다는 게 배신이란 뜻일까? 아니면 내가 외 갓집에 연락한 사실 때문일까? 물론 두 가지가 다 섞였겠지만 분명 후자에 엄마는 더 깊게 분개하고 있는 것 같다. 외갓집이란 말을 꺼냄과 동시에 내게 분노의 칸막이를 쳐 댔으니까. 아니 칸막이 정도가 아니라 도저히 범접할 수 없을 만큼의 무게로 된 방화벽을 내렸다. 부모와 자식 간에 단절을 위한 방화벽이라니…… 안타까운 일이다.

대체 엄마는 왜 외갓집과 연을 끊고 살 만큼 사이가 안 좋은 걸까? 이모가 표현한 대로 십몇 년씩 엉킨 갈등을 풀어 내는 일이 정말 그렇게 어려운 일일까? 생판 남도 아닌데? 나와 엄마가 한배를 탄 가족인 것처럼, 그래서 서로 떨어져 사는 것조차 쉽게 받아들일 수 없을 정도로 지독하게 사랑하는 것처럼 한때는 엄마와 외할머니, 외할아버지도 마찬가지였을 텐데. 지금은 내가 엄마의 가족과 연락을 했다는 것만으로도 배신자가 되어야 한다는 게 쉽게 이해가 안 간다.

원수 집안의 자식끼리 사랑을 하다 비극적인 결말을 맞은 로미오와 줄리엣의 입장이 새삼 이해가 된다. 얼마나 답답했을까? 부모들 간에 있었던 일을 아무 상관 없는 자식들이 무조건 받아들여야 한다는 게 얼마나 비합리적인가 말이다. 그리고 또 단지 부모의 원수를 갚기 위해 자신의 한평생을 심산유곡에서 무술에 정진하며 그게 삶의 전부인 듯 살아 가던 어떤 영화 속 주인공도 떠오른다. 그런 스토리로 영화까지 만들어질 정도라면 그게 나름대로 명분이 있는 삶인가 본데 나로서는 도무지 이해가 안 간다. 오로지 복수를 위해 자신의 삶을 송두리째 던지다니…… 아무튼 난 그런 캐릭터는 아닌 것 같다. 난 정말 그렇게 살고 싶지 않다.

'엄마! 제게 배신자라고 할 게 아니라, 이제 해묵은 갈등과 오해를 푸는 게 바람직한 삶이 아닐까요?'

이렇게 엄마에게 건설적인 제의를 하고 싶었지만 욕만 먹을 게 뻔해서 관뒀다. 그리고 하루를 그냥 멍 때리며 보냈다. 공부가 머릿속으로 들어올 만한 여유가 전혀 없었으니까. 대신 내가 배신자가 되지 않을 수 있는 방법이 뭐가 있을까를 한번 곰곰이 생각해 봤다. 그리고 일목요연하게 정리도 해 보았다.

1. 조용히 전학을 간다.
2. 전학을 안 가고 이곳에 남을 수 있는 다른 대안을 찾는다.
3. 엄마, 아빠가 외갓집과 극적인 화해를 하고 생각을 바꾼다.

1번은 내가 원치 않는 일이다. 원치 않을 뿐 아니라 돌이킬 수 없는 일이기도 하다. 난 쪽배를 만들어 탔고 내가 가고자 하는 방향으로 노를 저을 생각으로 이미 선전 포고도 한 마당이므로 1번은 턱도 없는 문항이다. 그러니 1번은 그냥 구색 맞추기로 적어 본 거라고 생각하면 된다. 2번은 현실적으로 이뤄지기 어려운 일이다. 우리 집은 부자가 아니다. 그렇다면 3번만이 그나마 현실 가능한 일로 남는다. 결국 내가 배신자가 되지 않는 법이란 건 내 일이 아니라 엄마 쪽에 칼자루가 주어져 있단 소리다. 내가 몸을 움직여 무언가를 해야 하는 게 아니라, 엄마 쪽에서 '아! 잘못 생각했네' 이렇게 맘을 고쳐먹어야 할 일이란 소리다.

그렇다면 이 일은 내 의지나 노력으로 해결할 수 없는 일이니 누군가의 힘에 기대어 볼 수밖에 없단 결론이 선다. 그래서 난 책상에 앉아 공부 대신 기도를 했다. 3번이 이뤄지기를 간절히 말이다. 파울로 코엘료의 『연금술사』를 보면 '사람이 무언가를 간절히 바라면 온 우주가 그를 돕는다'는 말이 나오는데 그 말이 뻥이 아니길 바라면서 기도했다. 물론 요즘은 너도나도 이 말을 쓰고 심지어 쓰지 말아야 할 사람까지도 썼기 때문에 굳이 이 말에 기대고 싶지는 않지만 그래도 아쉬우니까 쓰게 된다. 우주도 나름 식별 능력이 있을 테니 도와줄 가치가 있는 일에만 힘을 쓰리라 믿고 편하게 기도를 해 본다.

그리고 또 하나 중요한 사실! 그 누군가는 마법의 지팡이를 들고 느닷없이 나타나서 '짠!' 하면서 내가 원하는 일을 이뤄 주지 않을 거란 것쯤은 나도 살 만큼 살아 봐서 안다. 내가 아는 바로는 그 누군가가 일을 해결하는 방식은 이렇다. 어딘가 아주 비현실적인 장소에 앉아 상상할 수도 없는 큰 그림을 들여다보면서 손가락 하나를 들어 어느 한 부분을 슬쩍 돌려놓는다. 도미노의 첫 블록을 건드리듯이 말이다. 여기까지 도와주는 거다. 말 그대로 도와주는 거지 다 해 주는 건 아니니까. 그 뒤 일이 내가 원하는 방향으로 움직여지는데 그럴 때 그 일을 원하는 나는 어떤 식으로든 팔을 걷고 뒷일을 해야 한다. 그러기 위해서는 눈을 부릅뜨고 나아갈 바에 대해 기도하는 마음으로 촉수를 세우고 있어야 한다.

하지만 눈을 감고 기도를 하려 해도 맘속 지층부터 들끓는 불안감이 요동을 쳐서 도무지 집중할 수가 없다. 엄마, 아빠를 거스른다는 건 역시 쉬운 일은 아닌가 보다. 세상을 향한 모든 출구가 다 막혀 버린 기분이 든다. 답답한 맘에 나도 모르게 습관처럼 주은이를 자꾸만 머릿속에 떠올리게 된다. 이런! 머리를 흔들어 주은이를 털어 버리고 쉬는 시간에 승미네 교실로 갔다.

이과반은 3층에 교실이 있기 때문에 큰맘 먹고 올라가 봤건만 어이없게도 승미는 지난 금욜에 이어 이틀째 결석이란다. 그렇다면 주말 끼고 나흘째인데 대체 무슨 일이 있는 걸까? 톡을 연타로 넣어 봤지만 아무런 답이 없다. 승미는 집에 있을 때면 동생들이 좀비처럼 달려들기 때문에 톡조차도 편하게 못 한다고 했다. 특히 꼬마 좀비들이 제일 좋아하는 게 핸드폰이라 집에서는 절대 꺼낼 수 없단다. 그 애들의 눈에 뜨이는 날에는 핸드폰이 완전 작살이 나기 때문에 어쩔 때는 집 앞 편의점 알바 언니한테 맡겨 놓고 들어갈 때도 있다고 했다. 그러니 아마 12시가 넘어야 겨우 답장을 할 수 있으리라. 휴! 승미는 집에 들어갈 때마다 벌집을 건드리는 기분이 든다고 했다. 양봉업자들이 입는 망사 옷을 입고 아우성치는 동생들을 피해 로보캅처럼 어기적거리며 걸어 다니고 있을 승미가 머릿속에 떠올랐다. 갑자기 승미네 집의 어린 좀비들을 비롯해서 다산을 해내신 승미네 엄마, 아빠한테 짜증이 솟구쳤다. 그러고 보면 난 결석한 승미를 걱정하는 것이 아니라 사실은 오로지 내 말을 들어줄 누군가가 필요한 것뿐이라는 생각이 들었다. 누군가와 떠들어 대며 내게 얹혀진 무거운 마음의 짐들을 내려 놓고 싶은데 선뜻 말을 걸 상대가 없어 마음의 허기가 졌다.

핸드폰을 손에 쥐고 한참을 보다 자연스레 희수의 이름 앞에서 눈길이 멈췄다. 하지만 절대 말을 걸 수가 없다. 희수야말로 지금의 내 맘을 덜기엔 제일 부적합한 상대다. 왜냐, 지금은 그 어떤 거짓말도 하고 싶지 않은 시간이기 때문이다. 난 등 뒤에 시퍼런 물을 두고 앞에서 유희의 노랫가락이나 부르고 있을 만큼 분별력이 없는 편은 아니다. 희수의 이름을 보고 있자니 오히려 더 두 배로 헛헛해지는 기분이 들었다. 스텝 투로 업그레이드를 한 뒤로 희수와 나는 전보다도 훨씬 자주 친밀감을 갖고 대화를 나누고 살갑고 달달한 말도 많이 나눴지만, 이제 다시 생각하니 그건 다 거짓이란 생각이 들었다. 물론 희수에 대한 나의 마음이 거짓인 건 절대 아니다. 하지만 거짓이 들어 있는 반쪽짜리 진실은 결국 모래 위에 쌓은 집과도 같다. 결정적인 부분에 이런 식으로 허무하게 무너지고 말 테니까. 그러니 궁극적으론 거짓인 게 맞다.

맞다! 그건 일종의 역할 놀이 같은 거였다. 희수는 아니었겠지만 난 그랬다. 난 희수 앞에서 온전한 사람으로 존재한 게 아니라 서유나라는 이름을 가진 가상의 여친으로만 존재했단 생각이 들었다. 희수가 아는 서유나는 진짜 서유나와는 다르니까. 그동안 내가 한 거짓말이 허물 벗은 뱀의 표피처럼 생경하게 느껴졌다. 목마른 자의 머릿속에 그려진 물병처럼 간절하게, 허기진 자의 밥처럼 절절하게 지금 내겐 진실이 고프다.

# 상처를 안고 산다는 건 ★

콩콩.

틀림없이 밖에서 누군가 문을 두들기는 소리임이 분명하다. 잠결이라 잘못 들었거나 꿈이려니 하고 다시 뒤척이다 돌아누웠는데 계속 소리가 나는 걸 보면 현실임이 분명하다.

쿵쿵.

귀찮지만 이 소리에 책임을 질 수 있는 사람은 우리 집에선 나밖에 없다. 다른 집 같으면야 누구든 먼저 듣는 사람이 밖으로 나가 보겠지만, 우리 집에선 나 아니면 아무도 들을 수 없으니 내가 일어나야 하는 게 답이다. 그러니 모든 소리를 책임감 있게 들어야 한다. 하지만 역으로 생각하면, 그렇기 때문에 나 혼자서 얼마든지 못 들은 거로 칠 수도 있다. 엄마, 아빠가 안방에서 주무시고 있으니 우리 식구일 리는 없고 '쾅쾅'이 아닌 거로 보아 급한 일은 아닌 것 같다. 몸을 재게 움직여 일어나야 마땅하지만 새벽녘에야 잠이 들었기 때문에 몸이 쉽게 움직여지지 않는다. 눈을 돌려 벽시계를 보니 여섯시 반이다. 30분은 더 잘 수 있는 황금 같은 시간이라 더 망설여진다. 며칠 전에도 옆집 아줌마가 새벽 출근을 하면서 초딩 아들 좀 깨워 달라고 부탁하느라 우리 집 문을 두드린 적이 있었던 터라 더더욱 움직이고 싶지 않다.

쿵쿵…… 서유나…… 쿵쿵.

문 두들기는 소리 사이에 내 이름이 얼핏 들리는 것 같아 얼른 일어났다. 옆집 아줌마가 내 이름을 부를 리는 없으므로. 잠결에 비척비척 나가 도어 렌즈로 밖을 봤다. 문 앞 센서등이 고장 난 상태라 어둠 속에 서 있는 사람의 실루엣만 간신히 보인다. 눈을 비비고 다시 보니 놀랍게도 문밖에 서 있는 사람은 다름 아닌 신주은이다. 눈치 없이 반가움이 왈칵 올라와 나도 모르게 문을 벌컥 열려다 잠시 숨을 고르고 망설인다. 주은이와 난 밤새 톡으로 수다를 떨다가 의기투합해서는 이른 새벽에 놀이터에서 만나 편의점에서 아침을 먹고 같이 등교한 적이 서너 번 있었다.

우리는 그걸 '새벽 밟기'라고 이름 붙였는데 정월 대보름에 지신을 달래고 복을 빌었다는 '지신밟기'라는 민속놀이에서 착안한 거다. 모두가 잠든 시간 아무도 밟지 않은 새벽의 첫길을 우리 둘이 자박자박 밟으면서 하루의 첫 거리에 우리의 흔적을 새기는 일을 아름다운 의식처럼 여겼다. 그렇다고 요행 같은 복을 빌거나 어떤 구체적인 바람이 있었던 건 아니다. 그냥 우리 둘이 의미를 붙인 우리 둘만의 놀이로 충분히 황홀했으니까. 혹시 주은이는 지금 '새벽 밟기'를 빙자해서 내게 화해를 제안하려고 이렇게 찾아온 게 아닐까? 마음 깊은 곳에 고여 있는 반가움 때문에 문을 열까도 생각했지만, 어제 새벽에 승미와 나눈 이야기가 떠올라 맘을 접었다. 난 잡고 있던 문고리를 놓고 살금살금 걸어서 내 방으로 다시 들어왔다. 들어와 누워서는 이불을 머리끝까지 잡아당겨 쓰면서 '난 이렇게 냉정할 수도 있는 사람이야.'라고 생각하며 자부심으로 나를 채웠다. 궁금함이 내 뒷머리 꼭지를 아프게 잡아당기고는 있었지만 졸음이 잽싸게 먼저 와 나를 후려쳐서 나는 이내 혼곤한 새벽잠 속으로 끌려갔다.

덕분에 지각 직전에 간신히 등교했다. 허겁지겁 교실로 들어서며 힐끗 주은이의 자리를 보니 비어 있다. 분명 새벽에 우리 집에 왔는데 등교를 안 하다니 정말 의외다. 새벽잠에 주은이도 아직 인질로 잡혀 있는 걸까? 핸드폰에 주은이가 내게 전화를 건 흔적조차 없는 걸 보면 그냥 이른 등굣길에 우리 집에 들러 두들겨 본 것 같은데…… 이상한 생각이 들지만 그렇다고 문자를 넣어 볼 수도 없어 그냥 궁금증을 눙치고 있기로 한다. 주은이는 적극적인 아이인 데다 늘 자신감이 가득 차 있어 자기가 원하면 얼마든지 표현을 망설이지 않는 아이다. 그러니 내 의사와는 상관없이 우리 집에 올 수도 있었으리라. 다만 새벽 시간이라는 게 좀 의외이긴 하지만. 며칠 전에 승미에게도 넘치는 호의를 베풀었다 하니 어쩌면 주은이는 어떻게든 승미와 나 사이에 끼어들기로 작정을 한 건지도 모르겠다.

어제 새벽까지 승미와 대화를 나눴다. 승미는 엄마가 시골 외할머니댁에 가신 사이에 하필 막내가 수족구병이라는 전염병에 걸려 간호하느라 이틀이나 결석을 하게 되었다고 툴툴댔다. 승미는 아픈 동생에 대한 걱정보다는 자기 신세타령만 푸지게 늘어놓았고 그 바람에 내 답답한 심정은 아예 입 밖으로 꺼내보지도 못했다.

"한집 사는 구성원들한테 동의도 안 받고 덜컥 애를 낳는 건 아니라고 봐."

"맞아. 그렇긴 해."

"부모는 자식을 자립할 수 있게 도와주는 사람인데 왜 그걸 나한테 떠맡기냐고!"

"그러게."

승미는 여전히 다둥이 가족 만딸의 애로 사항을 무한 반복한다. 마치 돌림 노래처럼. 철야 작업을 하는 분주한 재봉틀 마냥 쉼 없이 툴툴대는 바람에 듣고 있는 내가 멀미가 날 지경이었다. 승미의 고충이 이해가 안 가는 바는 아니지만 무한 반복에 감각이 무뎌져서 나도 모르게 영혼 없는 대답만 날리게 되었다. 그러던 중 갑자기 승미는 느닷없이 주은이 이야기를 하기 시작했다. 언젠가부터 우리 둘 사이엔 늘 주은이에 대한 뒷담화만을 하는 게 암묵적으로 정해진 약속이었건만 돌연 배신을 했다.

"난 정말이지 신주은이 짱 부러워."

부러운 거로만 따지면야 나도 그렇긴 하지만 그 말이 묘하게 거슬렸다. 정신 차리라는 의미로 난 제지를 했다.

"야! 너 왜 그래?"

"부러운 건 부러운 거야."

"뭘 부럽기씩이나."

"넌 아니라고?"

"됐어."

"정말 아냐?"

"……."

아닌 건 아니지만 그렇다고 할 수는 없었다. 부러우면 지는 거니까. 아니 이미 진 상태인데 왜 자꾸 그걸 되짚어 이야기하려는 건지 짜증이 났다.

"엊그제 막내 연미 데리고 병원 갈 때 다섯째 은미 때문에 쩔쩔매던 중이었는데 마침 주은이가 전화왔길래 내 사정 이야기하니까 걔가 자기네 집에서 일하는 아줌마한테 부탁해서 동생을 봐준 덕분에 간신히 병원에 다녀왔어. 정말 눈물 나게 고맙더라."

'그랬구나.' 이 말 한마디만 해도 되는 건데 난 뒤틀릴 대로 뒤틀려서 그 말 대신 엄마가 밖에서 부른다며 현실 불가능한 이야기로 꾸며 대고 전화를 서둘러 끊었다. 대책 없이 마음이 엉켰다. 주은이의 성품상 얼마든지 가능한 일상적인 호의였건만 그렇게 받아들여지지가 않았다. 잔뜩 꼬인 맘으로 주은이의 호의는 나를 의식해서 일부러 승미와 가까워지려고 한 의도적이고도 가식적인 호의란 생각을 했다. 그리고 어쩌면 자기네 집이 얼마나 부자인가를 자랑하고 싶어서 한 행동일지도 모른단 생각도 했다. 주은이가 자랑질을 하는 스타일이 아닌 걸 뻔히 알면서도 말이다. 그렇게 꼬인 맘 때문에 아마 새벽녘에 문을 두들긴 주은이를 더더욱 모른 척했는지도 모르겠다.

나도 모르게 자꾸만 오늘 새벽에 도어 렌즈 사이로 보였던 주은이의 실루엣이 머리에 떠올라 마음이 복잡해진다. 그런데다 새벽에 주은이는 교복이 아니라 추리닝 차림이었던 것 같단 생각이 드니 더 복잡해진다. 그만하자고 맘을 다부지게 먹어도 자꾸만 궁금해져서 비어 있는 주은이의 자리를 바라보게 된다. 아무리 나쁜 사람이라 해도 그 사람이 잠자고 있는 모습을 보면 연민이 울컥 솟는다던데 빈자리도 마찬가지다. 주인 없이 비어 있는 빈자리는 늘 쓸데없는 연민을 불러오는 것 같다. 우씨! 괜히 가슴이 아파온다.

야자를 마치고 집에 들어와서 씻고 있는데 여주 이모가 내게 문자를 보내 왔다.

— 통화 가능?

　거실과 주방에서 엄마, 아빠가 각자의 일을 하고 계신다. 두 분은 여전히 내겐 아무 말도 안 걸고 있고 화가 난 상태 그대로다. 경직된 표정과 앙다문 입, 이마에 그어진 내 천자 주름이 모든 걸 말하고 있다. 어차피 내 말소리를 못 들으실 테니 편하게 그 자리에서 이모와 통화를 할 수도 있었지만 난 그러지 않기로 했다. 아무리 안 들려도 느낌이란 게 있는 법이니까. 그리고 못 들으신다고 아무렇지도 않게 그것도 외갓집 말만 꺼내도 펄펄 뛰는 두 분 앞에서 이모와 통화를 하는 거야말로 일종의 배신행위란 생각이 들어서다. 물론 전엔 안 그랬다. 엄마, 아빠가 바로 옆에 앉아 있는데도 아무렇지도 않게 친구들과 통화하면서 아빠나 엄마 흉을 본 적이 있다. 심지어 초등학교 땐 친구들이 집에 놀러 왔을 때 엄마를 바로 앞에 두고도 놀리듯이 이야기한 적도 있다. 나만의 특권이라도 된다는 듯이 아이들에게 약간은 과시하면서 말이다. 그땐 스릴을 느끼고자 하는 장난의 개념이거나 약간의 반항심 때문에 화풀이하듯이 그런 행동을 했다.

　하지만 지금은 그러고 싶지 않다. 뭔가 나 자신을 위해 한 발을 내딛고자 하는 사람은 조금은 달라야 할 것 같단 생각이 든다. 희수가 말한 '스텝 투로의 업그레이드' 그런 것처럼 말이다. 비록 사소한 행동일지라도 이전과는 조금 다르게 행동을 하다 보면 나머지 것들도 다 구색 맞춰 업그레이드될 것 같단 생각이 들었다. (물론 주은이 문제는 예외다. 세상의 모든 일에 예외는 있는 법이니까.) 학교에서 배운 '깨진 유리창 이론'이라던가? 사소한 무질서를 방치하면 큰 문제로 이어질 수 있다는 그런 것처럼 말이다. 그러니 난 사소한 것부터라도 업그레이드해야 한다. 그래서 밖으로 나와 놀이터 벤치에 앉아 이모에게 전화를 했다.

"유나야. 외갓집 말고, 전학 안 가고 남을 수 있는 다른 방법을 찾아보는 건 어떨까?"

이모는 외갓집이 안 된다는 표현을 에둘러서 완곡하게 표현하는 것뿐이다. 다시 말해 다른 방법이 좋은 대안이거나 최선이기 때문에 이야기하는 건 아니란 소리다. 그리고 '찾아보는 건 어떨까?'라고 하는 걸 보면 다른 방법이 대기 중이란 소리도 아니다. 난 실망스러웠다. 힘들 땐 벽을 관통하는 중이라고 생각하라던 이모가 관통은커녕 서둘러 뒷걸음질을 치라고 권유하는 것 같다. 물론 이해는 한다. 이론과 실제는 늘 다르니까. 그리고 일반적인 이야기를 할 때와 지금 우리 눈앞에 닥친 일을 두고 이야기할 때도 늘 다른 법이다.

"왜요?"

"그게…… 내가 너한테 말했듯이 외할머니가 그닥 편한 분이 아니라서……."

"할머니가 반대하시나요?"

"할머니가 반대하신 건 아니고……."

"그럼 할아버지가요?"

"어? 너 모르는구나? 할아버진 몇 년 전에 돌아가셨어."

"아……."

할아버지가 돌아가셨을 때도 엄마가 안 가 봤다고 생각하니 엉켜 있는 감정의 골이 엄청나다는 생각이 들어서 새삼 더 암담해진다.

"물론 처음에 할머니는 찬성하셨어. 까탈스럽긴 해도 딸이나 손녀딸에 대한 애정 자체가 없지는 않으니까. 근데 문제는 너희 엄마가 문자로 할머니를 공격해서 일이 꼬이기 시작했어."

요 며칠 사이에 엄마가 외갓집에 연락을 했단다. 엄마는 이 모든 일이 절대 나로부터 시작된 거일 수가 없다고 믿고 있더란다. 내가 전학을 안 가고 이곳에 남아 학교에 다니겠단 생각은 결국 다 외갓집에서 시작된 아이디어이며 어린 내가 세뇌를 당해서 그런 주장을 하게 된 거라고 엄마는 믿고 있었다. 그러니 외갓집을 향해 공격할밖에. 내가 그런 생각도 자발적으로 못 할 만큼 어리다고 생각을 하다니 정말 이해가 안 간다. 내가 초등학생도 아닌데 말이다.

"아니…… 엄마는 어떻게 그런 생각을?"

"사실 뭐 그게 크게 이상한 일은 아니야. 원래 그런 법이거든. 너한테 할 비유는 아니다만 원래 부인들이 남편이 바람을 피우면 남편을 원망하기보다는 상대 여자가 꼬드겼다고 생각하고 그쪽에 원망을 늘어놓기 마련이야. 자기가 사랑하는 사람을 비난하고 싶지도 않고 그 사람의 변심을 인정하고 싶지도 않은 거지."

엄마의 문자는 '어린애한테 그런 꼬임을 하지 말아 달라'고 간곡한 부탁을 하는 것으로 시작되었단다. 그런데 그 문자를 받은 할머니가 황당한 맘에 '절대 그런 일 없다'라며 부인하시다가 말끝에 '제대로 된 자식 교육을 하는 게 부모의 의무'라며 엄마의 자존심을 건드리는 문자를 보내셨단다. 그러자 엄마는 '늘 당신 욕심대로만 자식을 쥐락펴락해서 망친 건 나 하나로 족하다'라고 할머니를 자극하는 말로 되받아쳤고 그러면서 불이 붙기 시작한 문자 대화는 해묵은 감정들까지 들춰 가면서 걷잡을 수 없이 거칠게 번지기 시작했단다. 급기야 할머니는 '너뿐만 아니라 너의 자식까지도 절대 상종하지 않겠다'고 험한 말을 보내는 거로 끝을 냈다고 이모는 힘겹게 전했다.

난 할머니의 말 중에서 '절대'란 표현이 마음에 걸렸다. 엄마만 설득하면 되리라고 믿고 있었는데……. 엄마가 직접 할머니에게 들이받을 거라곤 미처 생각 못 했던 일이다. 정녕 이런 식으로 파국을 맞게 되는 걸까? 아직 시작도 못 해봤는데? 정말 비극적이다.

이모에게 전해들은 바에 의하면 엄마와 외할머니 사이 갈등의

골은 아주 굵고도 깊었다. 엄마는 원래 정상아로 태어났다. 집안에서의 첫딸인 만큼 엄마는 그 누구보다도 사랑받고 귀염을 받으면서 컸는데, 두 살 무렵 알 수 없는 열병을 앓고 난 뒤 귀가 안 들리기 시작했단다. 병원에서 정밀 검사를 받은 뒤 청각 장애 진단을 분명하게 받았건만 할머니는 엄마의 상태를 절대 사실로 받아들이지 않았다고 한다. 바로 옆에서 내는 소리도 듣지 못하고 멍하게 앉아 있는 엄마가 안쓰러워 할아버지는 일찌감치 엄마에게 농아 교육을 시키자고 주장했으나 할아버지보다 입김이 센 할머니는 동의하지 않았다. 대신 혹시나 하는 생각으로 이 병원, 저 병원으로 엄마를 데리고 다녔고 심지어 할머니는 교육 수준이 높은 분임에도 불구하고 민간 신앙에까지 의존해서 엄마의 귀를 치료하려고 했단다. 희귀한 버섯을 달인 물로 귀를 세척하기도 하고 사이비가 분명한 수상한 절에 맡겨 놓고 기공 훈련을 받게도 했다. 덕분에 엄마는 이런저런 민간요법들을 받느라 고생을 해야 했다. 송곳으로 귓속을 뚫지 않은 게 다행이라고 외할버지가 비아냥거릴 정도로 말도 안 되는 민간요법들이었다. 그러느라 엄마는 제대로 된 언어 교육 시기를 놓쳤다. 엄마는 자기 자신을 어떻게 표현해야 하는지 모르는 채 진공 상태처럼 멍하게 어린 시절을 보냈었다고 나중에 이모에게 그때의 고통을 피 끓는 심정으로 토로했었다고 한다.

그런데도 할머니의 욕심은 그걸로 그치지 않았다. 엄마의 청각 장애를 인정한 뒤에도 할머니는 어떻게든 엄마를 정상인들의 범주에 밀어 넣으려고 애썼다. 그래서 구화를 가르쳤고 당시에는 성공률도 높지 않은 인공 와우 수술까지 받게 하면서 어떻게든 정상인처럼 오로지 입으로만 대화할 수 있게 하려고 했단다. 구화란 보청기를 써서 남아 있는 청력을 최대한으로 이용하는 방법인데, 입과 입술 모양을 보고 말을 이해한 다음 목소리를 내는 훈련을 되풀이하며 말을 익히는 것이다. 아빠처럼 태어날 때부터 전혀 소리를 듣지 못해서 소리가 뭔지 모르는 사람이거나 청력이 전혀 남아 있지 않은 사람은 구화는 아예 불가능하다. 그래서 아빠는 수화만 하지만 당시 엄마에겐 약간의 청력이 남아 있었기에 할머니는 그런 시도를 해 본 것이다. 물론 구화를 쓰는 사람은 수화를 못하는 사람들과도 소통할 수 있어서 훨씬 편하다. 그들의 입 모양만으로도 내용을 이해하니까. 사회 안에서 정상인들과 더불어 살기에는 구화가 훨씬 유리하다는 점에서는 할머니의 교육 방침은 높이 살 만한 일이었다. 하지만 문제는 할머니가 엄마의 장애를 끝까지 인정하기 싫었기 때문에 수화를 배우지 못하게 했고 심지어 보디랭귀지조차도 금하고 오로지 구화만을 강요했다는 데 있다. 할머니는 수화는 장애아인 게 사람들 눈에 쉽게 띈다며 금지하고 엄마가 오로지 정상인들과 어울려 정상인처럼 살아야 한다고 종용했다. 할머니는 엄마의 있는 그대로를 절대 받아들이고 싶지 않으셨던 거다.

아무튼 할머니의 도에 넘치는 구화 사용에 대한 압력은 엄마로 하여금 위축감과 의사소통에 대한 불안감을 느끼게 했고 심한 열등감과 고립감을 느끼게 했다고 한다. 손은 못 쓰고 그렇다고 입을 섣부르게 열기엔 자신이 없고 엄마는 자신이 깊은 바닷속에 사는 심해어가 된 기분이었다고 한다. 산소도 부족하고 햇빛도 비치지 않는 완전한 암흑세계 속에 살면서 잘 움직이지 않아 근육마저 퇴화되었다는 심해어의 농도 깊은 고독을 느꼈을 엄마. 자신이 살아 있다는 존재감을 어떤 식으로 느낄 수 있었을까? 그리고 머릿속에 고인 생각들을 퍼낼 수 없다는 게 얼마나 큰 고통이었을까를 상상해 보니 마음이 너무도 아리고 쓰려 목 속으로 비릿한 맛마저 느껴진다.

"서로의 견해 차이겠지만 할머니는 여울 언니에게 양질의 교육을 시키려 한 거라고 주장하시고, 여울 언니는 할머니가 당신 딸이 장애인인 게 자존심 상해서 어떻게든 장애인이 아닌 척하게 하려고 수화를 못 쓰게 한 거라고 대들곤 했지."

"그랬다고 엄마가 할머니를 안 본 거예요? 그래도 할머닌 엄마를 위해 어떤 식으로든 애쓰신 건데……."

"그건 아니고. 엄마가 너희 아빠를 만나게 되면서 할머니하고 사이가 완전히 틀어진 거야."

엄마는 버스 안에서 우연히 알게 된 농아 친구에게 할머니 몰래 수화를 배우게 되면서 비로소 새로운 세계에 도달하게 되었다. 버스 안에서 수화를 하는 사람을 보고 한참을 망설이다 엄마는 무작정 따라 내려서 필담으로 말을 걸었다. 그 일은 살면서 엄마가 한 최초의 용기 있는 행동이었다. 그 뒤로 접하게 된 농인 친구들과의 세상은 엄마에겐 그야말로 놀라운 신세계였다. 그동안 집에서 늘 주눅 든 채 깊은 바닷속의 움직이지 않는 심해어처럼 지냈다면 농인들의 세계에 가서는 수어로 자유롭게 자신의 생각을 이야기하면서 새로 태어난 기분을 느꼈다고 한다. 빠른 물살도 거침없이 가르며 솟아오르는 산란기 연어의 몸짓과도 같았다고나 할까? 난 이모에게 그 대목의 이야기를 들으며 상상해 봤다. 어두컴컴한 바닷속에 드리워진 가냘픈 한 줄기 빛을 따라 거침없이 수직으로 헤엄쳐 올라가 황금 물결이 넘실거리는 바다 위로 떠오르는 어떤 물고기의 희열에 찬 모습을. 상상만으로도 저절로 감탄이 나오는 대목이다.

그러던 중 엄마는 친구를 따라 농미회 전시회를 갔다가 아빠를 만났고 사랑에 빠졌단다. 엄마에게 있어서 사랑은 달콤한 열락을 맛보게 했을 뿐만 아니라 또 하나의 세계가 열린 기분이었을 것이다. 아니, 비로소 처음으로 온전히 열린 세계를 보았다고나 할까? 완벽한 연대감에서 오는 신뢰감 때문에 태어나서 처음으로 편평한 세상에 두 발을 딛고 서 있는 기분이 들었다고 했다. 더 이상 자기 자신을 비하하지 않아도 되고 누군가에게 지적당할까 봐 조마조마해 하지 않아도 되는 24시간이 이 세상에 있을 수 있다는 걸 깨달은 엄마는 서둘러 결혼을 결심했다.

하지만 외할머니는 엄마의 연애를 인정하지 않았을 뿐 아니라 결혼은 더더욱 가당치 않은 일이라고 결사반대했다. 하지만 사랑으로 무장한 엄마는 예전과는 달랐다. 전처럼 할머니가 시키는 대로만 하는 연약한 딸이 아니었다. 그때 엄마는 이모에게 '난 이제 더 이상 입 없는 인형이 아니야'라고 자신의 정체성을 당당히 밝히고 전과는 달리 매사에 사나운 모습을 보이기 시작했단다. 항상 순하기만 하던 엄마가 처음으로 별것도 아닌 일에 이모의 등짝을 때려서 정말 놀랐던 기억이 생생하단다. 엄마의 반항 수위는 날로 높아져 급기야는 할머니가 외출 금지령을 내렸건만 전혀 개의치 않고 나갔다 밤늦게 당당하게 들어오곤 했단다. 이모는 그때 일을 마치 무슨 무용담을 전하듯이 내게 전했다.

"그때 할머니가 밤늦게 들어오는 여울 언니를 붙잡고 야단치실 때 소리소리 지르시면서 '입으로 말해라' 이렇게 말하는데도 여울 언니는 눈 하나 깜빡하지 않고 버티고 서서 입을 꼭 다물고 오로지 수화로만 자기 말을 하던 모습이 어찌나 인상적이었는지 지금도 잊히지 않아."

"근데 그때 엄마가 뭐라고 하신 건데요?"

"그거야 아무도 모르지. 그때 우리 중에 수화를 아는 사람은 아무도 없었으니까. 하지만 단호한 손놀림으로 한 자 한 자 꾹꾹 눌러쓰는 편지처럼 차분하게 수화를 하는 언니의 모습은 그 어떤 말

보다도 설득력 있었어. 내용은 몰랐어도 그 누구도 언니의 의지를 꺾지 못하겠구나 하고 난 깨달았으니까.”

아마도 그때 엄마의 모습은 신념과 확신에 찬 순교자의 모습과도 같았을 것만 같다. 어쩌면 엄마는 ‘수화도 말입니다. 저는 지금 말을 합니다’ 하고 외쳤을지도 모르겠다. 하지만 그럼에도 불구하고 할머니의 결혼 반대는 더 심해졌고 할머니가 엄마 몰래 아빠를 설득하는 바람에 하마터면 엄마, 아빠는 헤어질 뻔한 적도 있었단다. 그러던 중 엄마가 집을 나가게 된 결정적인 계기가 된 일이 있었다. 할머니는 결혼 반대 이유를 묻는 엄마에게 ‘우리 집안에 모자란 게 하나도 아니고 둘인 건 절대 용납 못 한다’고 말했는데 그 말은 주유소에 던진 화약과 같아서 엄마가 집을 튀어나가게 한 명분을 만들어 주는 충분한 역할을 했다. 딸이 불행해질까 봐 결혼을 반대하는 게 아니라, 마치 집안을 오염시키는 존재인 양 두 사람을 표현했으니까. 그 말은 엄마의 뼈에 새겨져서 두고두고 곱씹게 되었고 곱씹을 때마다 분노가 새록새록 끓어오르는 기분이 들었다고 한다.

만약 할머니가 아빠를 상대로 그런 말만 안 하셨더라도 그간의 할머니의 뒤틀린 노력은 엄마에 대한 애정에서 비롯된 것으로 생각하고 넘겼을 거란다. 인간은 누구나 실수를 하니까. 하지만 과거는 현재에 의해 끊임없이 재해석되는 법, 할머니의 그 말 때문에 엄마의 지난날의 우울하고 음습했던 시간은 할머니의 욕심 때문에 유린당한 기간이라고 결론이 났다. 아무튼 할머니가 엄마와 아빠에게 씻을 수 없는 모욕을 줬기 때문에 엄마는 그에 반발해서 죽을 때까지 안 보겠다며 선포하고 집을 나가 아빠와 결혼을 하게 되었단다.

물론 훗날 할머니나 할아버지가 엄마와 화해하기 위해 이런저런 노력을 안 해 본 건 아니다. 하지만 부모 없이 결혼해 아이까지 낳아 키우면서 힘겹게 세월을 보낸 엄마는 마음이 부서지고 깨진 상태라 쉽게 화해를 하려 들지 않았다고 한다. 어쩌다 화해 모드가 되었다가도 별것 아닌 일에 다시 관계가 꼬여 버리는 식의 악순환이 계속되었고 그러다 엄마의 고집 앞에서 이모나 외삼촌들마저도 서서히 손을 들고 엄마와 무관한 세월을 지내게 되었다고 한다.

"나 역시 여울 언니와 안 보고 사는 게 힘들어서 뒤늦게 언니를 찾은 적이 있었는데 너희 엄마는 이미 피해 의식이 커져 있는 상태라 쉽지 않았어. 큰외삼촌 결혼식 때 여울 언니에게 연락이 늦게 전달된 것도 사실은 너희 아빠가 늦게 전달을 해서인데 언니는 결혼식장에 온 사람들에게 농아인 언니를 노출하고 싶지 않아서 의도적으로 못 오게 한 거라고 오해를 했으니까."

이모의 이야기를 듣고 나니 가슴이 아파 왔다. 힘든 시간을 겪었을 엄마의 고통이 마디마디에 와닿았기 때문이다. 남도 아니고 가족에게 장애라는 이유로 거절당했다고 생각하며 지냈을 시간은 지옥과도 같았을 거란 생각이 들었다. 그랬으니 엄마는 더더욱 정상인 가족과 다른 엄마, 아빠만의 농인 가족에 대한 애착이 더 컸을 테고 그래서 내가 정상인으로 태어난 사실에 겁을 먹었을 수도 있었겠구나 하고 이해가 되기도 했다. 하지만 한편으론 상처를 놓지 않고 꼭 부둥켜안고 살았기에 시간이 지날수록 안으로 더더욱 곪아 간 건 아닐까 하는 회의감도 생겼다.

전학 문제는 좀 더 생각해 보자는 이모의 말을 끝으로 통화를 끝냈지만 내 마음속의 여파는 끝이 날 줄 몰랐다. 커다란 충격이 두고 간 흔적이 여진처럼 계속 나를 두들겨 댄다. 그 두들김 때문이었을까? 미처 전화기의 진동을 못 듣고 있었나 보다. 집으로 들어가기 위해 일어서며 습관처럼 바지 주머니에서 핸드폰을 꺼내 봤는데 잠깐 사이에 승미에게 부재중 전화가 10통이나 와 있다.

'뭔 일이래?'

# 마음의 덧창 열기★

간병인 아줌마가 주은이의 옷을 갈아입혀 주는 내내 난 약간 비켜서서 주은이를 바라보며 인생에도 되감기 버튼이 있다면 얼마나 좋을까 생각했다. 아무리 궁리해 봐도 나의 부끄러움과 미안함을 씻어낼 수 있는 방법이 없었다. 그러니 하릴없이 되감기 버튼만을 상상할밖에.

만약 그것만 가능하다면…… 그렇담 주은이가 침대 위에서 벌떡 일어나 뒷걸음질해서 병실 문을 나가고 집으로 돌아갔다가…… 오늘 새벽 우리 집으로 와서 문을 '콩콩' 두들겨 대는 바로 그 대목에서 스톱을 하고 다시 버튼을 눌러 정상 플레이를 한다. 그럼 난 우리 집 문을 열고 '무슨 일이야?' 이렇게 묻겠지. 그렇게만 되었더라면 지금 주은이가 이렇게 하얀 깁스로 팔다리를 칭칭

감고 누워 있는 일은 없었을 텐데. 눈물이 찔끔 난다. 아니, 4배속으로 더 뒤로 뒤로 돌려 더 과거로 돌아가서 주은이 집 앞으로 찾아가서 하소연하던 그 날, 주은이가 하려던 말을 내가 끊지 않고 끝까지 들어줬더라면 그래서 주은이의 고통을 친구로서 함께 나눠 듣고 더 나은 해결책을 함께 도모했더라면, 그랬더라면 혹시 이런 일은 없지 않았을까? 또 한 번 찔끔 눈물이 난다.

"됐고! 됐어. 그만해."

내가 마음속으로 되감기 중인 걸 눈치라도 챈 듯 주은이가 됐다고 그만하라고 한다. 예민한 계집애 같으니라구.

"뭐가 돼?"

"네 책임 없다고. 오지랖 넓게 확대 해석하면서 찔끔거리지 마."

"친구가 다쳤는데 그럼 웃냐?"

"어쭈구리? 언제는 유치찬란하게 따까지 시키더니만?"

"아…… 미안해."

"내가 속으로 그랬지. '대체 쟤는 나를 얼마나 좋아하면 저렇게까지 심통을 부리는 거야?'"

"그래. 너 잘났다!"

농담처럼 말했지만 진심이다. 나보다 주은이가 잘난 거 맞다. 지난 며칠 동안의 나의 옹졸함과 치졸함만 두고 봐도 그건 확실하다. 사고로 병원에 입원까지 했지만 주은이는 여전히 씩씩하다. 다친 데가 눈에 보이는 몸만은 아닐 게 분명한데도 말이다. 대개 이렇게 몸과 마음이 안팎으로 충격을 입으면 남 탓도 하고 운명 탓도 하고 주위 사람들을 원망도 하게 마련이다. 그게 보편적인 순서건만 주은이는 달랐다. 마음의 상처로 녹다운이 될 법도 한데 발딱 일어나 앉아 이 상황을 의연하게 정리까지 한다.

"어쩌면 어차피 일어났어야 할 일인지도 몰라. 이렇게까지 내가 사고를 당하는 일이 없었더라면 또 그냥 흐지부지 넘어갔을지도 모르지. 그러니까 결과적으론 해피 엔딩이야."

"이게 해피 엔딩이라고?"

"어. 내 팔다리가 부러지면서 그걸 계기로 우리 엄마, 아빠도 정면 돌파하시기로 하셨으니까. 그리고 부러진 뼈는 시간이 지나면 어차피 다시 붙을 텐데 뭐! 사고로 뭔가가 완전히 없어져 버린 게 아니니까 이 정도면 괜찮은 투자야. 분명 남는 게 있을 테니까."

주은이는 깁스한 다리 끝을 긴 막대기로 긁으며 말했다.

"겁나 기발한 해석을 하네."

"사실 숨기고 피할 때가 힘들지 막상 닥치고 나면 덜 힘들어. 치과 다녀온 후 같다고 할까?"

욱신거리는 종기가 터지고 난 뒤의 홀가분함 뭐 그런 걸 말하는 걸까? 분명한 건 주은이는 지금 희망을 향해 몸을 돌리고 앉아 있다.

"그래. 좋아."

"이제 가라. 엄마 오실 거야."

"엄마 오시면 뵙고 갈게."

"뵙기 전에 가."

하긴 나 역시 지금 주은이네 엄마와 얼굴을 마주하기 껄끄럽다. 새벽에 도움을 청하러 온 주은이를 내가 몰라라 하는 바람에 다시 돌아가는 길에 사고가 났으니 말이다. 그래서 도망치듯 병원을 나섰다. 주은이에겐 내일 승미와 다시 오겠노라 약속하고.

밤거리는 스산한 추위와 어둠으로 가득 차 있었다. 덕분에 나의 부끄러움은 조금 가릴 수 있어 차라리 견딜 만했다. 밝은 대낮에 병원 문을 나섰더라면 부끄러움 때문에 힘들었을지도 모르겠다. 내 고통만 자랑질하느라 친구의 어깨에 얹어진 고통은 무시한 채 나만 힘들다고 목을 뻣댔던 시간이 부끄러웠다. 주은이 말대로 누구나 자기 몫의 고통은 다 있는 법인데…….

주은이 아빠는 의처증이라 그동안 엄마를 자주 때리셨다고 한다. 아빠가 늘 목청을 높여 집에서 공포 분위기를 조성한다는 이야기는 종종 들었지만 주은이의 엄마에게 직접 폭력을 가하는 줄은 꿈에도 몰랐다. 주은이가 늘 쿨한 말투로 이야기를 해서 그냥 일상적인 수준의 공포 분위기일 거라고만 생각했었다. 그날도 새벽녘에 술에 취해 귀가한 아빠가 엄마를 패기 시작했단다. 그런데 다른 날과 달리 정도가 너무 심했고 전날 엄마가 산부인과 치료를 받은 터라 여차하다간 엄마가 죽을지도 모른단 생각에 겁이 덜컥

나서 우리 집으로 무조건 달리기 시작했단다. 우리 아빠라도 모셔와서 말려야겠다는 생각으로. 그런데 우리 집에 왔다 허탕을 치고 돌아가는 길에 주은이는 달리는 택시에 치였고 그대로 병원으로 실려 가는 바람에 아빠의 그날 치 폭력이 간신히 멈추게 되었단다. 그래도 다행히 골목길이라 큰 사고는 아니었다.

"야! 급한데 너희 경비 아저씨한테 도와 달라고 하지 그랬어!"

"그러게나 말이야. 그렇게 절박한 순간에도 동네 사람들에게 우리 집 치부가 알려지는 게 싫어서 아저씨와 마주쳤는데도 그냥 지나쳐서 너희 집으로 뛴 거야. 나 못됐지?"

"못됐긴? 이해해. 근데 아빠가 그러신 지 오래되었다면서……."

감추고 싶은 마음, 그게 어떤 기분이었을지 나 역시 모르는 바가 아니니까. 하지만 그래도 엄마가 맞는 걸 보면서 그리 오랜 시간 참을 수 있었다는 게 놀라웠다.

"언젠가 내가 너한테 말했듯이 이 세상에 문제없는 집이 없으니까…… 참아야 한다고 생각했어. 엄마는 오래전부터 이혼을 하고 싶어 했던 거 같은데 나 때문에 참으셨나 봐. 나 결혼시키고 해야지 그러면서…… 사실 난 그동안 엄마가 상습적으로 맞는다는 걸 뻔히 알면서도 그냥 모른 척하고 지냈어. 아빠는 늘 방문을 닫고 엄마를 때리셨거든 그리고 난…… 문이 잠겨 있다는 이유로 항상 도망쳤어. 비겁하게. 그리고 엄마는 다음 날 얼굴에 난 멍을 다른 핑계로 둘러댔고 난 그렇게 둘러대 준 엄마한테 고마워하면서 허겁지겁 그 상황을 피하기만 해왔지. 그걸 직면하기가 너무 무서웠어. 못 본 척하기가 제일 쉬운 거니까. 지금은 그게 제일 후회스러워."

주은이는 그 이야기를 하며 바닥에 후두둑 떨어지는 동백꽃처럼 굵은 눈물방울을 떨궜다. 섣불리 슬픔을 늘어놓지 못하던 애답게 여전히 울음소리도 밖으로 못 내고 눈물만 떨어뜨렸다. 흐르는 눈물이 아니라 바닥에 떨어져 구슬처럼 박히는 굵은 눈물이었다.

"힘들었겠다. 그 시간을 어떻게 견뎠어?"

"그러게. 하지만 용기가 없었어. 부모님 이혼도 쪽팔리고 아빠가 평상시에 항상 이상한 건 아니었거든. 우리 세 식구, 밖에 나가면 남들이 다들 부러워하니까. 너도 그랬잖아. 엄마, 아빠가 다 교수라서 좋겠다고. 난 그 상태가 깨지는 게 싫었어. 사실 그건 거짓 행복인데……."

'거짓 행복'이란 말에 갑자기 희수가 떠올랐다. 우리 부모님들이 농인이 아니라 첼리스트이고 잘 나가는 사업가라고 거짓말을 하며 만들어 낸 거짓 허상에 취해서 즐거워했던 '희수 앞의 나' 말이다. 하지만 나 역시 이젠 더 이상 희수 앞에서 거짓말은 한마디도 더 하고 싶지 않다는 절벽 끝에 선 기분을 절절하게 맛봤기에 말할 수 있었다.

"맞아. 내가 경험한 바로는 거짓 행복은 어차피 거짓이라 결국 행복은 아닌 거더라. 공갈빵처럼 입에 베어 무는 순간 안이 뻥 뚫려서 허망하기만 하고…… 아무것도 남는 게 없고 오히려 영혼에

심한 갈증을 느끼게 된다고나 할까?"

"근데 난 행복은 내가 스스로 느끼는 것도 있지만 남들이 나를 보는 시선에도 있다고 생각했거든. 나를 우습게 보는 게 싫었으니까. 그것도 중요하다고 생각했어. 그리고 내 부모니까. 나의 일부라고 생각했기 때문에 그래서 그런 아빠를 인정하는 게 무지 자존심 상하고 세상에 드러나는 게 싫었고…… 그렇지만 이젠 나를 분리할 능력이 생겼어. 난 독립된 개체고 아빠 역시 마찬가지고 그런 아빠를 있는 그대로 인정을 하는 거지."

"부모님이 나의 일부라고 생각한 건 나도 그랬으니까…… 이해 간다."

"근데 난 그런 면에선 예전에 네가 이해가 안 갔어."

"어떤 게?"

"유나, 쟤는 진짜 장애가 뭔지 모르는구나 하고. 우리 아빠가 악마로 돌변해서 엄마를 때리면…… 세상에서 제일 무서운 건 마음의 장애지. 겉으로 드러난 기능이 불편한 건 장애가 아닌데…… 쟤 진짜 모른다. 너네 엄마, 아빠 귀가 안 들리셔서 말 못 하시는 건 그냥 기능이 안 되는 것뿐이잖아? 불편한 거지 창피한 게 아닌데……."

"……."

"난…… 네가 바라보는 데 네 부모님의 장애가 있을 뿐이란 생각이 들더라."

"바라보는 데 있다니?"

"네가 부모님을 창피해할 때 거기에 장애가 있단 소리야."

"어렵다."

"창피해한다는 건 남을 의식한다는 거잖아. 그게 장애란 거지. 너 집에선 엄마, 아빠의 장애를 크게 못 느끼잖아? 그런 것처럼 네가 엄마, 아빠를 부끄러워할 때만 너희 부모님이 장애인이신 거지. 그러니까 결국 그건 네가 장애인이라는 거지. 너 자신한테 자신이 없으니까."

결국 마음의 병이 제일 큰 장애란 소리인가? 할머니가 남들을 의식하느라 엄마의 장애를 인정 안 하고 이리저리 끌고 다니며 엄마를 힘들게 했다던 그것도 비슷한 일이겠지? 그 생각이 드니 나나 할머니나 닮은 데가 있었단 생각에 머문다.

"말 되네. 근데 너도 결국 여태껏 창피해서 숨긴 거잖아?"

"그렇지. 근데 우리 아빤 진짜 창피한 일이었잖아. 폭력은 나쁜 일이니까. 그 점이 너랑 나랑 다른 거지. 다만 나 역시 남을 의식하는 데 신경을 쓰지 않았다면 진작 엄마한테 이혼하라고 했을 거야. 겉으론 가족이니까 참자고 말했지만 진짜 속마음은 엄마의 행복보다는 가족이란 포장만 의식했던 것 같아. 그게 나를 싸고 있는 포장지라고 생각한 거지. 그러고 보면 너나 나나 도긴개긴인 거네."

"그러게. 왜 우린 그렇게 남을 의식하는 건지…… 차이가 창피한 거라고 은연중에 배웠던 거 같아. 왜 우리 어릴 때 홀아비 놀이 했잖아. 기억나니? 넷 중에 셋이 바지 입고 하나만 치마 입으면 '너 홀아비!' 이러면서 놀리던 거."

"맞아. 기억난다. 우리가 그렇게 교육을 받아서 그런 거겠지. 가족의 모양은 이래야 한다 이렇게 틀을 만들어 놓고 거기서 안 맞으면 결손 가정이니 뭐니 하면서 손가락질들 하고. 가족이란 게 사랑이어야 하는 거잖아? 근데 집에 들어가는 게 무서울 정도였다면 그건 가족이 아닌 건데 그걸 무조건 끝까지 껴안고 있어야 한다고 생각했으니…… 나쁜 가족에 코를 꿸 필요가 없었던 건데. 솔직히 그동안 하루하루가 지옥이었어. 아빠가 언제 술 드시고 오시는지 모르니까 항상 지뢰밭을 걷는 기분이었거든. 휴!"

주은이의 한숨은 회한의 내쉼이지만 한편으로 내면의 상처가 치유되는 한숨처럼 여겨졌다. 깨달음이 동반되었으니까.

"야! 그렇게 힘든데 나한테 얘기라도 하지 그랬냐?"

"방금 말했잖아. 포장하느라 바빴다고."

"뭐 나한테까지 포장을 하냐고!"

"나 자신도 속이고 싶었는데 뭐……"

사람은 필요하면 자기 자신을 참 잘도 속여 먹는다. 능력자들이다. 나 역시 그랬으니까.

"엄마는 이제 괜찮으셔?"

"어. 다 터뜨리고 나니까 홀가분하시데. 이혼이란 게 부모로서 좋은 일을 한 건 아니지만 그래도 늦게라도 용기 있게 행동한 걸 나한테 보여 줄 수 있었던 건 잘한 일인 것 같다고."

"그럼 이제 엄마랑 둘이서만 사는 거야?"

"어. 가족의 모양이 다 똑같아야 하는 건 아니니까. 차이가 불행일 수는 없는 거잖아?"

"당근이야. 아무튼, 너 그동안 진짜 애썼구나. 미안하다. 그런 줄도 모르고……."

"아니, 나도 미안해. 그날 정말 용기 내서 너한테만은 털어놓고 싶었는데 네가 말을 잘라서 나도 모르게 발끈했어."

"그러게. 그동안 내가 자백을 했지. 내 고통이 최고거든? 이러면서."

난 마음을 다해 팔을 벌려 주은이를 안고 토닥여 줬다. 내 토닥임이 주은이 마음의 상처를 아물게 해 줄 수 있었으면 좋겠단 바람을 가지면서. 물론 상처는 주은이 본인만 치유할 수 있는 거긴 하지만 말이다. 그래도 위로는 되겠지. 위로는 결국 공감하며 시간을 공유하는 거라고 그랬으니까. 내 팔에 안겨 주은이는 말했다.

"누가 그러더라? 제대로 살려고 애쓰지 않으면 살아온 대로 살게 된다고. 그러니까 난 잘한 거야. 애써서 이만큼은 나왔으니까."

"맞아. 가고자 하는 방향으로 헤엄을 치라는 거지? 어푸어푸 발버둥치면서?"

주은이 병문안을 다녀와서 침대 위에 누워 있는데 슬픔이 조용히 나를 적시는 기분이 들었다. 매 맞는 엄마를 집에 두고 새벽길을 달렸을 주은이의 고독한 달리기를 떠올리면서. 그리고 이해 받지 못했다는 이유로, 또 그 애가 나보다 형편이 낫다는 이유 하나만으로 한껏 뒤틀려서 욕심껏 친구를 미워하던 나의 치기 섞인 행동들을 떠올리면서. 그리고 이제 주은이가 나 못지않게 힘들었다는 걸 알게 되면서 주은이에 대해 가졌던 노여움이 슬그머니 자취를 감추게 된 일을 떠올리면서. '만약 주은이에게 아무런 고통이 없었다면 난 혹시 계속 그 애에게 화를 내고 있지 않았을까?' 하는 생각에 민망해하면서. 아무것도 안 들리는 고요의 바닷속에서 멀뚱하니 세상을 바라만 보고 있었을 어린 시절 엄마의 고독한 시간을 떠올리면서. 생살을 잘라내듯 가족을 잘라내고 어디서든 새롭게 그리고 버젓이 뿌리를 내리고 싶어서 애썼을 엄마의 지난한 시간을 떠올리면서. 세상을 사는 건 참 부조리하면서도 슬픈 일인 것 같단 생각이 들었다. 그래서 나를 포함해 지구상에 있는 모든 이들에게 측은지심이 퐁퐁 솟아올랐다.

하지만 이상하게도 그 슬픔은 여태껏 내가 경험해오던 것들과는 약간 달랐다. 그 슬픔 속에는 여리지만 강한 닭 날개의 잔뼈 같은 뿌듯함이 존재감 있게 섞여 있는 것 같았다. 그건 뭔가 삶의 비밀이라든가 노하우를 터득한 자들이 갖는 뿌듯함 같은 거다. 어차피 희로애락이 다 섞인 게 삶이라니까. 빨강, 파랑, 초록, 노랑 사탕

알이 섞여 있는 사탕 통 같은 거라든가? 어느 색의 사탕이든 한 번쯤 꺼내야 할 무언가를 먼저 꺼냈다고 생각해야지. 어차피 알 건 알아야 하니까. 사는 데 있어 맷집이 늘어난 것 같은 기분은 내 영혼에 붙은 근육처럼 여겨진다. 영혼의 기초 체력이랄까?

그리고 난 긴긴밤을 앞으로 나아갈 바에 대한 이런저런 생각을 하느라 잠을 설쳤다. 그 안엔 이대로 내가 전학을 갈 수밖에 없겠구나 하는 생각에서 오는 좌절감도 있었고 또 엄마의 상처를 보듬어야 한다는 깊은 연민도 있었다. 하지만 엉킨 실타래를 가슴에 안고 사는 엄마를 보고만 있는 것도 옳은 일은 아닐 거란 생각이 막연하게 내 가슴 한편에 자리잡았다. 주은이 말대로 '애쓰지 않으면 살아온 대로만 살게 된다니까' 뭐든 해야 한다고 영혼의 기초 체력을 믿고 주먹을 쥐어 보기도 했다. 하지만 그럼에도 불구하고 지금 내가 할 수 있는 일은 아무것도 없을지도 모른단 생각에 아침이 오는 게 두렵게도 느껴졌다. 거미줄에 걸린 벌레가 된 기분이랄까? 그래도 경험상 밤에 하는 생각들은 늘 다음 날 아침이면 힘을 잃고 마는 것들이 많았으니 너무 걱정하지 말라며 나를 토닥이다 간신히 잠이 들었다.

그리고 다음 날 아침이 왔을 때 예상대로 걱정은 내빼고 없었다. '쨍' 하는 소리라도 낼 듯이 환한 아침 햇살과 마주 보며 나도 모르게 큰 소리로 혼잣말을 했다. 마치 조명 아래서 '큐!' 사인을 받은 배우처럼 다소 오바하면서 말이다.

"아자! 벽을 통과하는 거야!"

숨통이 조여 오는데 발버둥조차 안 치고 있다면 그건 죽은 사람이잖아? 엄마는 상처로 몸을 웅크리고 안으로 안으로만 들어가려 하지만 난 어떻게든 헤쳐 나가야지. 그리고 또 하나, 헤쳐 나가려는 그 길이 나의 길이기만 한 게 아니라는 데서 책임감까지도 가지게 되었다. 나도 엄마도 아빠도 우리 모두 안으로 들어가 모여 웅크리고 살 게 아니라, 광장으로 나가서 엉킨 실타래를 풀어헤쳐 보기라도 해야 할 것이다. 그러다 보면 외갓집 식구들과도 화해의 장을 열게 될지도 모른다.

'그래, 먼저 거풍을 하자.'

거풍은 쌓아 두었던 거나 바람이 안 통하는 곳에 두었던 물건에 바람을 쐬어 주는 거라고 들었다. 온 집안의 문이란 문을 다 열어 바람을 들여서 겨우내 이불장 안에서 웅크리고 있었던 이불들이나 옷가지에 바람을 쐬어 주듯이 엄마의 마음에 덧창을 활짝 열어 바람을 쐬어 주면 할머니와의 해묵은 상처도 어떻게든 화해가 되리라. 한때 심해였던 기억을 이젠 더 이상 아프게 간직해서는 안 된다. 그 기억을 되새길 때마다 덧나는 상처가 되지 않게 바람과 햇살을 쐬어 단단한 영혼의 근육으로 거듭나게 해야 할 것이다.

너무 거창한가? 아무튼! 난 그래야 할 것만 같다. 뭐든 항상 끼리끼리 뭉치니까. 거짓말은 거짓말을 부르고 상처는 또 다른 상처를 부르고 도서관에 가는 친구 옆에 도서관에 가는 친구가 있고 땡땡이를 치는 친구 옆엔 땡땡이 치는 친구들이 떼로 모인다. 복수는 복수를 부르고 악순환이 계속된다. 그러니 이젠 선순환을 해야 한다. 엄마가 생각을 바꿔 엄마의 상처를 다른 눈으로 바라보게 되면 난 자연스럽게 더 이상 배신자가 아닌 게 된다. 이게 바로 선순환이다. 역시! 내가 생각한 게 맞다. 객관식 문항의 3번. 그게 정답이 맞다. 그러고 보니 우주가 나를 돕고 있긴 한 것 같다. 손발을 걷고 전면에 직접 나서지는 않지만 우회적으로 돕고 있는 거다. 이런 기특한 우주 같으니라구.

# Try Again ★

"왜?"

"제가 해 볼게요."

"한발 늦었다. 네가 안 한다기에 수어 부분은 시나리오에서 아예 없앴는데?"

학년 주임은 안경 너머로 나를 바라보며 의미심장한 미소를 지으면서도 말로는 늦었다고 한다. 둘 중 하나는 거짓말이다. 시청각 교육 특성화 학교인 우리 학교의 홍보 자료에 '여러 가지 언어로 말하기' 파트에서 외국어, 문예 창작, 통역, 미디어 언어, 율동 언어 등등의 다양한 분야를 소개하면서 새로운 언어로 떠오르는 수어도 시각 언어로 넣으려고 했었던 거다. 그런데 이제 막 시작한 교육이라 수화를 할 줄 아는 학생이 없어서 할 수 없이 그 부분을 없었던 거로 안다. 하지만 샘의 눙치는 듯한 미소는 절대 늦은 것만은 아니란 걸 말하고 있기에 나도 한번 슬그머니 발을 빼 본다.

"아, 네. 그럼 할 수 없죠, 뭐! 가 보겠습니다."

"아니, 그래도 네가 하겠다면 다시 넣어 보든지……."

그렇게 난 수어로 말하기 파트 동영상을 찍기 시작했다. 교외로까지 나가는 동영상이라 정말 맘이 내키는 건 아니었으나, 내가 다시 찍기로 한 데에는 뜻한 바가 있어서. 의도를 갖고 행동을 하겠다는 각오로 내딛는 첫발이라고나 할까? 목표가 뚜렷할 땐 싫은 것도 나를 거스르며 해야 하니까.

엄마, 아빠와 난 한동안 냉각기를 지낸 뒤 별다른 화해 의식 없이도 자연스레 관계가 좋아졌다. 단지 그 일을 다시 거론하지 않는 것만으로도 화해의 온기는 저절로 오는 것만 같았다. 뭐! 어차피 가족이니까. 하지만 할머니와의 갈등을 풀기 위한 효과적인 접근법을 찾아내는 일은 진짜 오리무중이었다.

발버둥을 쳐서라도 엄마와 할머니와의 갈등을 풀어 내겠다고 결심은 했지만 어떻게 엉킨 실타래를 풀어 내야 할지 정말 막막했다. 처음엔 엄마 주변을 돌면서 어떻게든 외할머니의 이야기를 우회적으로 꺼내 보려고 했지만 쉽지 않았다. 할머니와 언성을 높인 뒤로 엄마는 오래된 상처가 헤집어져서인지 정말 우울해했다. 우울해하는 엄마에게 내가 이모에게 들은 과거의 이야기들을 잘못

건넸다가는 오히려 화만 불러들이기에 십상이었다. 이모를 통해 엄마의 히스토리를 다 들었다는 것만으로도 또다시 '배신자'로 낙인찍힐 확률이 높기 때문이다. 아니, 이번엔 '이중 간첩'이란 이름표를 받게 되려나?

그래서 이모에게 전화를 걸어 도움을 청했다. 할머니와 엄마를 화해하게 만들 방법이 뭐가 있겠냐며 물어봤더니 이모는 아주 간단명료하게 대답했다.

"없지."

너무나 확실한 어투로 단언하는 이모의 대답에 난 할 말을 잃고 잠시 침묵했다. 그러자 이모는 말을 덧댄다. 역시 이모는 늘 선 결론, 후 부연이다.

"화해란 게 어느 쪽이든 누가 먼저 한쪽은 굽혀야 하는데 두 사람 다 뻗대고 있는데 되겠어? 상처를 준 사람과 받은 사람이 확실한 것도 아니고 서로 상처를 받았다고 하는데 누가 먼저 굽히겠느냐구. 그래도 약간의 희망이 있다면 완전 남이 아니고 가족이니까 끈적한 정이란 게 있을 테니 한쪽에서 물꼬를 트면 극적인 화해가 될 수도 있을 거란 생각은 드네. 하지만 그걸 누가 하겠어? 게다가 할머니는 원래 권위적인 성격인 데다가 이제 연세까지 많이 들어서…… 사실 사람이 어디 그리 쉽게 바뀌겠니?"

"물꼬요?"

"논에 물이 넘나들도록 만들어 놓은 통로를 말하는 건데 그걸

터 주면 물이 들어오니까, 논농사엔 물이 생명이잖아? 아무튼 다시 말해 막혀 있는 상태를 푸는 실마리로 누군가가 살짝 움직여 주면 된다는 소리야."

이모 말대로 두 분 사이에 기본적으로 내장되어 있을 부모 자식 간 사랑의 물줄기를 살짝 건드려만 준다면 그게 누구 것이든 한쪽에서 먼저 흘러 흘러 다른 한쪽으로 건너가 온기를 전하게 될 것이다. 그런데 두 분이 다 꼼짝 않는다면, 그렇다면 제3의 누군가가 그 역할을 해 주면 되지 않을까? 난 머릿속으로 상상해 본다. 야심한 밤에 우비에 장화까지 신은 누군가가 몰래 살금살금 걸어 들어가 두 사람 사이의 막힌 물꼬를 터 주는 거다. 삽으로 둑을 푹 파서 틀어 주면 물줄기는 길이 만들어진 쪽으로 졸졸 흐를 것이다. 장마철에 봇물 터지듯 콸콸콸 세차게 흐르면 좋겠지만 두 분 성격에 그런 일은 흔치 않을 것 같다.

"이모, 그런데…… 제가 할머니를 한번 뵙는 게 가능할까요?"

할머니가 화가 나서 엄마에게 내뱉었다던 말, '네 자식하고도 상종을 안 한다' 그 말이 떠올라서 조심스럽게 물었다.

"불가능할 거야 없지만, 지금 상황이 별로 좋지는 않지. 할머니도 워낙 화가 나 계신 상태라. 그래도 요즘은 전시회 때문에 정신이 팔려서 괜찮긴 한데……."

"전시회요?"

"아! 맞다. 전시회장으로 가면 사람들 눈도 있으니 괜찮겠다. 그렇게 처음 보는 것도 방법이겠네."

할머니는 복지 회관에서 취미로 배운 전통 매듭 공예를 오랫동안 해 오셨는데 주말에 시내에 있는 화랑에서 작품 전시회를 한단다. 그래서 난 물꼬를 틀 작정으로 할머니를 뵈러 갔다. 삽 대신 근사한 꽃다발과 엄마의 작품인 퀼트 파우치를 들고서.

매듭 공예 전시회가 열리는 화랑은 인사동 거리 한가운데 있었다. 열다섯 분의 작품을 전시하는 데다 주로 어르신들의 전시품이라 인사차 온 가족들만으로도 바글바글해서 완전 시장 바닥을 방불케 했다. 전철역에서 내려 인사동 거리를 걸어오면서 줄곧 클래식 음악이 잔잔하게 흐르는 품격 있는 화랑에서 할머니와 우아하게 만나는 걸 상상했건만, 화랑 안으로 들어서니 완전 예상 밖의 모습이라 약간 당황했다. 영화 속 한 장면처럼 할머니가 화랑에 들어선 나를 우연히 발견하고 눈물을 글썽이며 다가오는 일은 죽어도 일어날 수 없는 상황이다.

작품을 넣어둔 유리관을 가운데 두고 식구들끼리 삼삼오오 모여 담소의 꽃을 피우고 있었다. 마치 갓 태어난 신생아라도 바라보는 듯이 환한 표정으로 다들 화기애애하다. 그 모습을 보니 나도 모르게 입속으로 동요가 흥얼거려졌다.

"개굴개굴 개구리 노래를 한다. 아들, 손자, 며느리 다 모여서……."

노래를 흥얼거리다 보니 이곳에 오길 정말 잘했단 생각이 들었다. 외삼촌 둘은 다들 외국에 뿌리를 내리셨기 때문에 이젠 거의 얼굴도 못 보고 사시는 데다 큰딸인 우리 엄마와는 관계를 끊었고 그나마 할머니 곁엔 여주 이모 달랑 한 분 계시다던데, 할머니의 손녀딸인 나라도 이렇게 오게 되어 그나마 두 명이라도 모였으니 얼마나 다행인가 싶다.

"왔구나!"

어디선가 이모가 나타나 내 팔을 잡았다. 그리곤 '저쪽' 하고 손가락을 들어 구석을 가리켰다. 고개를 돌려 바라보니 굳이 이모에게 할머니를 따로 소개받을 필요가 없다는 걸 대번에 깨달았다. 마치 늙은 우리 엄마가 곱디고운 한복을 입고 서 계신 것만 같았기 때문이다. 연보라색 저고리에 진보라색 치마를 입은 자그마한 체구의 우리 엄마가 얼굴과 온몸에 세월을 한가득 담고 서 있는 것만 같다. 미래의 어느 날, 내 결혼식장에 온 엄마를 미리 보고 있는 것 같은 착각이 들 정도로. 할머니가 움직이는 실루엣마저도 우리 엄마를 보는 것 같아서 가슴인지 어디쯤인지 잘 모르겠지만 내 안에서 전율이 느껴졌다. 창조주가 왜 가족끼리 서로 닮게 만드신 건지 알 것만 같았다. 헤어졌다 다시 만날 때 서로 빨리 알아보라고, 그리고 행여 우리 가족처럼 맘이 엉켜서 안 보고 살았더라도 다시 만났을 때 서로 얼굴을 보는 것만으로도 '아! 우린 가족이지' 하고 느끼라고 그렇게 만드신 거다. 그러면서 '닮은 애들끼리 뭐 때문에 싸우고 사니?' 하며 그걸 깨달으라고 일부러 닮은 꼴로 만드신 것이다. 그런 깊은 뜻이 있으셨다. 새삼 핏줄이 당긴다는 말이 뭔지 알 것 같았다.

"할머니, 안녕하세요!"

가까이 가서 꾸벅 머리를 떨어뜨리며 인사를 하자 할머니는 아무 말도 못 하시고 나를 찬찬히 보신다. 모르긴 해도 아마 할머니 역시 내 얼굴에서 엄마를 보고 계실 거다. 내 얼굴 구석구석에서 엄마와 닮은 꼴을 찾고 또 어릴 적 엄마의 모습도 떠올리면서 그때를 기억하고 계시겠지. 할머니는 잠시 동안 입꼬리만 움찔거리시더니 드디어 내 손을 잡고 눈물을 글썽이신다.

"네가 여울이 딸이구나. 세상에…… 어째 이리 큰 애가 있다니?"

난 그럴 줄 알았다. 권위적인 스타일이고 엄마한테 험한 소리도 내지르는 차가운 분이시라고는 하지만 내 안에 있는 엄마를 느끼면서 할머니는 회한에 잠기셨을 거다. 말로 풀지 않아도 내 존재만으로도 할머니 마음의 굳은살은 움찔거리게 마련이다. 그건 마음이라는 걸 달고 사는 인간들에겐 공통의 공식 같은 것일 테니까. 굳이 내가 삽을 들어 땀을 뻘뻘 흘리며 물꼬를 트지 않아도 이렇게 길은 서서히 열리고 있다. 둑이 무너져 내린다. 할머니는 연신 내 팔을 쓸어내리며 낮은 소리로 말씀하신다.

"세상에…… 세월이 이렇게 흘렀구나. 어째 이리 큰 딸이 있다니…… 세월이 어쩌자고 그렇게 갔다니…… 세월이…….'"

시종일관 세월을 앞세워 이야기하셨지만 할머니가 말하고 싶은 내용은 결코 세월이 주인공이 아닐 것이다. 못 보고 지냈던 혈육과의 시간을 아쉬워하시는 거겠지.

할머니는 전시회장에 있는 친구들에게 나를 자랑하셨다. 그리고 말끝에 '이쁘지? 제 엄마 닮아서 미인이야' 소리를 연발로 날리셨다. 전시회 때문에 흥분하신 건지 아니면 나의 출현에 기분이 좋아지신 건지, 아무튼 할머니는 운동회날의 초등학생처럼 내내 즐거워하셨다. 돌아가기 전에 내가 퀼트 파우치를 선물이라며 드리자 할머니의 감탄은 최고조에 달했다.

"야야! 아니 이렇게 고운 걸…… 어디서 샀다니? 정말 곱다. 색깔도 그렇고 바느질도 얌전하니……."

그러자 이모도 같이 감탄을 한다.

"오우, 근사해. 그런데 이거 엄마 매듭이랑 색깔 조합이 비슷하다. 꼭 세트 같은데?"

"그러네."

이모 말을 듣고 나서 다시 보니 오늘 할머니가 전시한 매듭 중 사색판매듭 안에 사각 무늬 속 색의 조합이 엄마가 만든 퀼트 천의 조각과 거의 똑같아 보인다. 이모 말대로 세트라고 해도 믿을 정도다. 콩 심은 데 콩 나고 팥 심은 데 팥 난다더니 역시 엄마는 취향마저도 할머니를 닮은 걸까? 난 힘주어 말했다.

"엄마가 만든 거예요. 물색은 엄마가 제일 좋아하는 색이거든요."

"그래. 네 엄마가 손재주도 있고 심미안이 애들 넷 중에선 최고였는데…… 교육을 제대로 시켰어야 하는데 내가 걔한테 미안타……."

할머니는 연신 파우치를 들여다보며 기억 속 어딘가를 더듬고 계시는 눈치였다. 헤어질 때 할머니는 내게 빈티지한 단추로 포인트를 준 평매듭 팔찌와 동심결매듭으로 짠 길게 늘어뜨릴 수 있는 열쇠고리를 선물이라며 주셨다. 모시 조각보 천으로 곱게 싸서 두 세트를 주셨는데 하나는 엄마 것임이 분명했다. 물론 그런 말씀은 따로 없었지만 그 정도는 듣지 않아도 안다. 그게 바로 마음의 언어다.

집으로 돌아와 난 할머니가 주신 매듭 팔찌를 끼고 일부러 엄마 눈에 띄라고 앞에서 얼쩡거렸다. 아니나 다를까 엄마는 내 팔목을 잡더니 한번 보자고 하신다. 할머니 말씀대로 엄마는 심미안이 발달한 사람이니까 아름다움에 눈이 갈 수밖에 없다. 마음이 원하는 곳으로 눈길은 머물기 마련이다.

—이쁘다.

—이거. 엄마 퀼트. 색깔. 똑같다.

그렇다며 고개를 끄덕이는 엄마. 난 열쇠고리를 꺼내서 엄마가 매일 들고 다니시는 가방에 매달아 줬다. 그러자 엄마는 환히 웃으시며 가방을 멘 채로 거울 앞에 서서 매듭을 바라보셨는데 그때 난 용기를 내어 말했다.

—외할머니. 주셨어.

그러자 엄마의 표정이 굳어졌다. 순간 숨이 막힐 것 같았다. 갑자기 매듭을 풀어서 바닥에 패대기라도 치면 어쩌지? 왜 할머니를 만났냐고 화를 내면 어쩌지? 걱정이 되어서 얼른 뒷말을 했다.

—할머니. 미안하다고. 엄마. 아름다움. 잘. 보다. 칭찬. 미안하다고. 우셨어.

할머니의 말씀은 그게 아니었다는 건 나도 안다. 할머니는 엄마의 재능을 살려 주지 못한 게 미안하다는 이야기였지만, 지금은 조금 다르게 써도 된다고 생각했다. 엉키고 뒤틀린 엄마의 상처가 또다시 덧나지 않게 하려면 이 정도 항생제쯤은 써 줘야 한다. 피해 의식은 손잡이가 없는 칼을 쥐고 있는 것과 같은 거라고 그랬다. 그러니 엄마 손이 베지 않게 도와줘야 한다. 그게 다소 진실에서 비켜난 거라 해도 나쁜 게 아니다. 어떤 진실은 포장지로 싸서 건네는 것이 필요하다. 사진을 보정하듯이 말이다. 내가 알기로 두 분은 서로 화해를 할 수 있는 접점을 찾지 못해서 아우성을 치는 것뿐이지 진짜 미워하고 증오하는 사이가 아니니까.

난 얼른 가방에서 전시회 브로셔를 꺼내 거기에 있는 할머니 사진을 보여 드렸다. 엄마는 반쯤만 몸을 틀어 할머니의 사진을 멀리서 본다. 브로셔에 있는 할머니의 사진은 내가 그날 봤던 실제 모습보다 조금은 더 나이가 들게 나왔다. 아마도 화사한 이런저런

색을 다 뺀 흑백 사진이라서 더 그렇게 보이는 것 같다. 게다가 사진에는 할머니의 흰머리와 굵게 패인 주름이 유난히 도드라지게 찍혀 있었다. 엄마는 이제 완전히 백발이 된 할머니의 모습을 처음 본 건지 약간은 놀라는 눈치였다.

— 할머니. 진짜. 미안하다. 말하다?

난 고개를 크게 끄덕였다.

— 나. 엄마. 닮다. 미인이다. 할머니. 사람들. 자랑.

내 말을 들은 엄마 얼굴에 두 가지 다른 표정이 동시 상영을 하고 있다. 눈은 울고 입은 웃고 있다. 물론 과거는 그냥 싹둑 잘라내지지는 않을 것이다. 그리고 과거 속에서 입은 상처 또한 그냥 사라지지는 않는다. 엄연히 사실로 있었던 일이니까. 하지만 아픈 과거를 더 이상 아프지 않게 바라보는 건 가능하다고 본다. 할머니와 부둥켜안고 울고불고 하는 밀도 깊은 화해까지는 아니더라도 엄마의 상처가 꾸둑꾸둑해져서 할머니가 주었던 아픈 기억들을 화내지 않고 바라보고 할머니를 미워하지 않게 된다면 그걸로 족하다. 내 느낌이 맞는다면 지금 엄마는 할머니의 사과에 마음이 많이 편해진 것 같았다.


그다음 날 아침밥을 먹다가 난 엄마에게 손버둥을 치면서 말했다.

— 나. 학교. 수어 동영상. 찍는다. 아름다운. 언어.

절대 즉흥적인 결론이 아니었다. 주은이 말대로 내가 부끄러워하지 않을 때 엄마, 아빠의 장애는 없는 거란 생각이 들었고 그래서 내 자신을 단련해 보고 싶은 생각이 들었기 때문이다. 사람에겐 때론 장치가 필요하다. 이에 끼우는 교정기처럼 강제로라도 눌러 주는 무언가가 필요하단 소리다. 공부를 하려면 도서관에 가서 앉아 있어야 하고 번번이 다이어트에 실패할 땐 친구들한테 공약을 내걸기도 하고 또 지각하는 습관을 고치기 위해 벌금 내기를 하기도 한다. 그런 것처럼 내게도 어떤 장치를 마련하고 싶었다. 언젠가 어느 책에서 본 건데 정확하겐 기억이 안 나지만 요지는 그런 거다. 어떤 남학생이 가출을 하면서 일부러 부모님이 귀중하게 생각하는 물건을 박살을 내고 나갔다고 한다. 다시 집에 들어가면 아빠한테 맞아 죽을 만큼 귀한 물건이었기에 가출에 성공할 수 있었다며 그건 임전무퇴의 정신으로 벌인 일로써 자신의 의지박약이 발동하지 못하게 장치를 한 거라고 했다. 가출이란 게 그다지 좋은 예는 아니지만 그래도 자신의 의지에 지렛대 같은 장치라도 걸쳐서 뭔가를 했다는 건 높이 살 만한 행동이었다.

그래서 나도 그런 장치를 갖고 싶었다. 아직은 자부심으로 여기저기 자랑을 하고 다닐 정도까지 극복이 된 건 아니지만, 학교에서 수어 동영상을 찍으면서 나의 현실을 인정하는 장치를 마련해야겠다고 작정을 했다. '나는 코다다.' 이렇게. 그건 나의 정체성을 인정하는 일이고 정체성을 직시할 수 있다는 건 힘이 생기는 일이니까. 정면 돌파를 할 생각이었다.

그리고 그보다 더 큰 목적은 엄마에게 보여주고 싶다는 것이었다. 그날 교육청에서 내가 사라진 이유를 공식적으로는 복통 때문인 걸로 말했지만 사실 엄마, 아빠는 진짜 이유를 안다. 그냥 공공연한 비밀처럼 덮고 계실 뿐이다. 그리고 더 예전으로 돌아가서 초등학교 때 부모님이 수업 참관 하는 날에도 항상 '아빠들만 오는 날'이라고 내가 거짓말한 사실 역시 다 알고 계실 거다. 솔직히 엄마가 학교에 오는 게 창피했다. 엄마는 구어를 하기 때문에 말할 때마다 이상한 소리를 낸다. 그래서 난 엄마보다는 완전 백 퍼센트 무음인 아빠가 학교에 오기를 바랐다. 물론 엄마는 한 번도 그 이야기를 꺼내어 내게 따지지는 않으셨지만 속으로는 조용히 상처를 삼키셨을 거다. 그래서 이번 기회에 그걸 만회할 수 있는 뭔가를 해야겠다고 결심을 했다. 엄마가 할머니에게 느꼈을 그 모멸감 비슷한 걸 나까지 드려서는 절대 안 된다는 생각에서다. 그래서 샘한테 허락도 받기 전에 엄마에게 먼저 선포를 했다. 샘이 안 된다고 하면 생떼를 써서라도 찍겠단 각오로 말이다. 엄마도 그 사실을 아시는지 현관까지 따라 나오면서 내 등을 치고 말했다.

—진짜. 찍어?

그렇다며 고개를 크게 끄덕이는 나에게 엄마는 걱정스러운 표정을 날렸다. 겉으로 말만 안 꺼냈지 서로 그 정도는 뭔지 아니까. 하지만 난 이제 그렇지 않다는 걸 보여줄 작정이었다. 나는 코다다.

그렇게 난 '보이는 언어' 수어 동영상을 찍었다. 최선을 다해서 즐거운 마음으로. 그래서인지 다 찍은 동영상을 보니 유난히 내가 예쁘게 나왔다. 수화를 할 때 내 손의 움직임이 그렇게까지 유려한지 나도 처음 알았다. 고혹적인 손가락의 움직임과 다양한 표정과 제스처로 보이는 말을 아름답게 전하고 있었다. 들리는 말과 보이는 말, 그것들은 하는 방법만 다르지 결국 같은 거다. 소통이란 목적지로 가기 위해 버스나 자가용 중 양자택일을 해서 타는 것과 마찬가지라고 난 생각한다. 말을 할 수가 없어서 할 수 없이 궁여지책으로 손을 움직여 대는 게 아니라, 그냥 또 다른 말인 보이는 말을 하는 것이다. 나라마다 다른 말이 있듯이 수어 역시 다양한 언어 중 하나이다. 그런데 난 왜 그동안 수어를 열등한 무엇쯤으로 생각하고 있었던 걸까? '내가 생각하는 데 장애가 있다'는 그 말이 무엇인지 정확하게 실감이 났다. 그리고 주은이가 이야기했던 그 말처럼, 우리가 차이를 인정하지 못해서 결손 가정을 열등하다고 표현해 왔던 것과 다를 바 없다고 생각한다. 차이를 인정하면 차별을 하지 않게 된다.

—아름답다.

핸드폰으로 내 동영상을 보시고 아빠는 아름답다며 나보고 수어 아나운서를 해도 되겠다고 말씀하셨다. 그러자 느닷없이 엄마는 당신이 하는 수화는 어떻냐고 물었다. 아빠는 약간 곤란해하며 '둘 다 똑같이 예쁘다'며 정말 개성 없는 대답을 했다. 순위를 매기라는 게 아니었는데 우리 안엔 늘 순위에 대한 강박이 자리 잡고 있나 보다. '엄마는 엄마대로, 나는 나대로 다르게 이쁘다!'라고 내가 말하자, 아빠는 안도감에 눈을 크게 뜨고 고개를 끄덕이며 '맞다'를 그려 보였다. 아빠의 표정이 얼마나 귀엽던지 덕분에 우리 셋은 모처럼 화기애애하게 웃었다. 정말 오랜만의 훈훈함이라 약간 어색할 정도였다.

# 나비 효과 <sup>★</sup>

전엔 '나비 효과'란 말을 안 믿었다. 사실 그건 믿고 못 믿고를 말할 때 제시할 최소한의 근거도 없는 말이다. 어찌 보면 황당하달 수 있는 말이니까. '떨어지는 단풍잎을 잡으면 옆에 있는 사람과 사랑이 이루어진다.' 이딴 말이랑 하나도 다를 바 없다. 그래서 안 믿었다. 그렇잖은가? 브라질에 있는 나비의 날갯짓이 미국 텍사스에 토네이도를 발생시킬 수 있다니. 물론 그 말이 의도하는 바를 몰라서 하는 소리는 아니다. 미세한 차이가 엄청난 결과를 가져온다는 뜻이란 것쯤은 나도 안다. 하지만 그 말 자체가 다소 심하게 과장되었거나 무책임한 말 중 하나라고 생각하고 살았는데, 요즘 엄마에게 일어난 변화를 보면서 이런 걸 나비 효과라고 해야 하는 게 아닐까? 하는 생각이 저절로 들었다.

딱히 구체적으로 엄마를 변화시킬 만한 동인이 무엇이라고 꼭 집어 지적할 수는 없고 구체적인 근거도 잡아내기 힘들고 아무튼 이런 모든 변화를 그냥 통틀어 나비 효과라고 부를 수밖에 없겠단 결론이 났다. 그렇다고 내가 말을 새로 만들어 낼 수도 없는 일이고 보니 일기를 쓰기 위해서는 뭐라고 표현해야 할 말이 필요해서 더 그렇게 정의를 내린 것 같다. 그게 '파리 효과'라든가 '잠자리 효과', '나방 효과' 뭐 이런 거면 내가 가져다 쓰지 않았을 것이다. 하지만 나비라서 딱 어울린다. 나비의 나풀거리는 날갯짓에는 선의만 가득 찬 듯하다. 사랑을 뿌리고 다니는 요정의 날개와 비슷한 모습이니까.

서론이 무지하게 길었지만 궁극적으로 내가 하고 싶은 말은 우리 엄마가 달라졌다는 거다. '우리 엄마가 달라졌어요'라고 집 앞에 간판이라도 내걸고 싶을 만큼. 엄마는 무언가에 의해 부드러워졌고 그리고 단단해졌다. 부드러워진 건 그동안 피해 의식 때문에 냉동 칸의 고기처럼 딱딱하게 굳어 있었던 엄마의 마음이고 단단해진 건 아니, 견고해진 건 엄마 자신에 대한 자존감이다. 그리고 그런 결과를 가져오게 된 동인이 된 것은 무엇이라고 딱히 꼭 집어 말할 수는 없다. 분명한 건 선의가 일으킨 바람인데 그건 너무도 복합적이고 유기적으로 얽인 무엇이라 한마디로 정의할 수가 없다. 나비가 흘린 바람이 들녘의 나뭇잎을 흔들었고 그 나뭇잎이 일으킨 바람이 평원에 앉은 사자의 갈기를 흔들었을 테고 갈기가 흔들리면서 움직인 바람이 해안가 절벽 위에서 졸고 있던 물개의 출싹 맞은 콧수염을 흔들고⋯⋯ 그렇게 계속 이어졌듯이 말이다.

그래도 한 가지 분명한 건 할머니가 건넨 사과에서 시작되었다는 것이다. 비록 내가 약간의 변형을 일으킨 것이지만 말이다. 할머니가 건넨 화해에 맘이 풀리고 그러면서 본 할머니의 사진에 엄마의 가슴이 데워졌고 그러다 보니 엄마의 마음속에 연민이 고였을 것이다. '기억 속에서 미워했던 엄마 역시 한 초로의 여자에 불과하구나' 이렇게. 할머니를 용서하는 마음은 결국 돌고 돌아 엄마 자신을 느슨하게 만든 걸 거다. 어느 날 엄마가 내게 물었다. 조금도 어색함이 없이 해야 할 일을 하는 것처럼 아주 편하게 물었다.

─이모. 번호. 줘.

이모 말이 맞았다. 가족이라 물꼬만 트이면 화해가 될 거라더니. 그다음 날 이모를 만나고 돌아온 엄마는 어느 때보다도 흥분된 모습이었다. 센스 만점인 이모가 이미 오래전부터 수화를 배우는 이모티콘으로 독학을 했기 때문에 필담과 수화로 모처럼 긴 얘기를 나눴다며 엄마는 내게 이모 이야기를 질리도록 했다. 이미 내가 알고 있는 사실도 많았지만 난 난생처음 듣는 이야기처럼 엄마의 이야기를 경이로워하며 들었다. 넘치게 맞장구도 치고 놀라는 시늉도 곁들이면서. 엄마가 이모 이야기를 하는 것 자체만으로도 즐거워하는 것 같아서다. 누구나 좋았던 사실은 끊임없이 반복 재생을 하고 싶은 법이니까.

그 뒤로도 엄마는 이모와 톡으로 수다를 떨었다. 내가 학교에 다녀와서 간식을 달라고 졸라도 기다리라고 손만 흔들면서 엄마는 초등학생이 게임에 열중하듯이 이모와 톡을 했다. 이모가 날린 우스꽝스러운 이모티콘을 내게 보여 주기도 하고 키득거리며 시간 가는 줄 모르고 노는 그 모습을 보고 있는데 내 마음이 훈훈해져 왔다. 엄마가 행복해하는 모습을 보는 게 얼마나 좋던지 마치 내가 엄마의 엄마가 된 기분이 들었다. 기특하다고 엉덩이라도 두들겨 주고 싶은 심정이랄까. 그러던 어느 날 저녁 엄마가 내게 물었다. 이번에도 당연한 일을 하듯이 담담하게. 그러나 엄마의 몸짓 어딘가에 숨어 있는 설렘이 얼굴을 살짝살짝 내밀었다.

—토요일. 외할머니 집. 통역. 가능?

—가능. 가능. 가능!

그렇게 디데이가 왔다. 외할머니 집에 가는 날, 난 나름 뭔가 드라마틱한 일이 벌어지지 않을까 하는 기대감에 두근거렸다. 그리고 한편으론 시험 보는 날 아침 같은 기분도 들었다. 내가 뭔가 진두지휘를 하는 어떤 역할을 해야 하는 게 아닐까 하는 긴장을 동반한 사명감도 있었으니까.

엄마와 옷을 바꾸러 간다든가 아니면 뭔가 오해가 생긴 일을 해명하러 간다든가 할 때면 종종 그런 일이 생기곤 했다. 이야기를 나누다가 상대가 돌변해서 엄마에게 막말을 한다든가 아니면 엄마 쪽에서 조금 넘치는 말이나 행동을 해서 갈등이 고조되면 난 제대로 된 통역을 안 하고 내 맘대로 말을 만들어 양쪽에 전하면서 사태를 진정시키곤 했다. 물론 엄마는 구화를 조금 하기 때문에 내가 통역을 다르게 하면 금세 눈치를 채고 제대로 하라고 화를 내곤 하지만, 나 역시 중간 전달자의 역할을 해 온 경력이 제법 되기 때문에 나름 교묘하게 말을 잘 맞춰 전달하곤 했다. 그럴 때면 내가 마치 진두지휘를 하는 총책임자 같은 기분이 들기도 하고 농사회와 청사회의 경계를 없애는 개척자가 된 것 같은 기분으로 의기양양해지기도 한다. 하지만 그 경우는 해결이 잘되었을 때뿐이다. 때로는 나 자신이 양다리를 걸친 비열한 박쥐가 된 기분이 들 때도 있었다. 입장 차이도 있고 그러다 보면 객관적인 잣대로만 풀 수 없는 일이 종종 있기 때문이다. 엄마 쪽에선 장애인이라서 무조건 무시하는 거라며 피해 의식을 갖고 따지는 반면 반대쪽에선 그건 절대 아니다라고 하지만 자신도 모르게 엄마를 무시하는 행동을 하는 경우가 있다. 하지만 '지금 아줌마의 눈빛이나 표정이 무시하고 있는 게 보이거든요?' 이렇게 따진다고 선뜻 수긍할 사람이 어디 있겠냔 말이다. 그러니 이쯤 되면 끝까지 따지고 든다고 해서 절대 문제가 해결되지 않으므로 결국 내가 말을 만드는 수밖에 없다. 그럴 때면 난 듣고 말할 줄 아는 자의 입장에 서서 엄마가 하지도 않은 사과를 했다고 대신 이야기할 때도 있고 간혹 엄마한테는 미안한 일이지만 엄마 몰래 상대를 향해 눈을 찡끗거리며 그냥 넘어가자고 부탁도 한다. 그래야 끝이 나니까. 그런 것처럼 혹시 할머니와 엄마가 화해하는 시점에서 뭔가 문제가 생기면 어쩌나 하는 긴장감이 생겼다. '이야기가 극단으로 치달아 중간에 집으로 되돌아오는 일이 생기게 되면?' 하는 상상도 해 보고 '혹시 할머니가 미안하다고 했던 걸 엄마가 정말 확인하려 들면 어쩌지?' 싶은 걱정도 있었다.

하지만 나의 걱정은 기우에 불과했다. 두 분은 서로 보자마자 회한의 눈물만 흘렸고 할머니는 그야말로 일반적인 엄마의 역할에 충실하느라 바쁘셨다. 엄마가 어릴 적에 좋아했다던 부추 만두와 과일 화채 그리고 꽈배기 모양의 전통 과자를 직접 빚어 튀겨 내느라 정신이 없으셨다. 그 외엔 확인할 게 아무것도 없는 사람들 같았다. 하긴 앞으로 가기 위해선 지나간 시간은 덮어야 하는 거니까. 우리는 시시비비를 가리고 계산을 해서 주고받을 걸 따져야 하는 사람들이 아니라 가족이니까.

대신 두 분은 식사가 끝난 뒤 할머니 집에 있는 색색의 매듭실과 작품들에 대해 이런저런 이야기를 나누셨다. 엄마는 할머니에게 매듭을 배우고 싶다고 했고 할머니는 얼마든지 가르쳐 주겠노라고 이야기를 하셨다. 이 대목에서 난 마음속으로 '예스!'를 외쳤다. 매듭을 배우겠다는 엄마의 말은 할머니를 향한 일종의 애프터 신청과도 같은 거니까. 그리고 엄마는 부여에 내려가면 거기서 퀼트

와 매듭도 같이 취급하겠다며 할머니한테 제품을 보내 달라고 했다. 그러자 할머니 역시 답가라도 부르듯이 네가 만든 퀼트 파우치를 보고 사 달라는 사람이 정말 많았다며 집에 가는 대로 바로 택배로 보내라고 말씀하셨다. 그 모습을 보고 있던 여주 이모는 즉석에서 동업자가 생겼다면서 아주 건설적이라며 웃었다.

오랜 세월을 못 보고 지냈어도 그건 그리 큰 문제가 아닌 것 같았다. 세월의 흔적은 이런저런 잔무늬를 남기겠지만 부모, 자식 사이에 생긴 잔무늬는 두 사람 사이의 방향을 틀 만큼 큰일은 아닌 것 같았다. 아무튼 같은 색깔끼리 모이는 짝짓기 놀이를 하듯이 엄마와 할머니는 손발이 짝짝 맞는 화제를 잘도 찾아내셨다. 요리에서 바느질 이야기 그리고 건강 제품 이야기까지. 그런데 놀라운 건 할머니가 의외로 수화를 많이 알고 계신다는 사실이다. 내가 할머니 집에 있는 새끼 푸들 강아지와 노느라 두 분에게서 떨어져 있어도 따로 나를 찾을 필요가 없을 정도였다. 이모에게 물어보니 할머니는 언젠가부터 책을 사서 독학으로 수화를 틈틈이 익히셨고 요새는 인터넷에 한국 수어 사전이란 사이트가 있어서 거기서 수어 해설 영상을 보고 배우셨단다. 내심 언젠가 이런 날이 오리란 걸 기대해서인 것도 있고 한편으론 어릴 적에 엄마에게 못 해 준 게 마음에 걸렸기 때문이기도 하다고. 살다가 엄마 같은 농인을 만나면 엄마에게 말 못 한 걸 대신해서 이런저런 이야기를 수화로 묻곤 했단다. 할머니의 애틋한 마음이 느껴지는 대목이었다.

내가 할머니께 왜 수화까지 배워 놓고 엄마를 찾지 않았느냐고 여쭤보니 할머니는 다 늙어서 새삼스럽게 부모 대접받자고 찾는 것 같을까 봐 연락을 못 했다고 하셨다.

"요샌 평생을 끼고 살면서 이것저것 다 빼서 입에 넣어 준 자식도 떨어져 나가는 세상인데……."

그리곤 누구에게랄 것도 없이 독백처럼 할머니는 당신이 살아온 경험을 되짚어 기억하시며 말씀하셨다.

"그래도 옛날에 네 엄마가 네 아빠 만나서 그렇게 나한테서 떨어져 나간 게 그래도 신통하지 싶었다."

"네?"

"그래도 지가 힘이 있어서 떨어져 나간 거잖냐. 힘이 없었으면 마냥 내 옆에 붙어서 내가 하자는 대로만 했을 텐데…… 그랬음 지금 이렇게 너 같은 애도 없었겠지."

할머니 말씀이 정말 의외의 내용이라 집중하며 엄마에게 수화로 전했다. 엄마도 눈을 껌뻑이며 진지하게 듣는다.

"물론 그땐 몰랐지. 네 엄마가 마냥 괘씸하기만 했는데 나중에 시간이 지나서 네 작은외삼촌이 내가 결혼 반대해서 헤어지고 난 뒤에 나한테 악다구니를 쓰면서 '왜 엄마가 내 인생을 맘대로 뒤집느냐' 이러면서 눈이 뒤집혀서 따지고 들다 결국 미국으로 가서 연락 끊었는데…… 그러고 난 뒤에 깨달아지더라."

이모한테 들은 바로는 작은외삼촌에겐 아픈 과거가 있다고 했다. 살갑고 똑똑한 아들이라 할머니의 사랑을 독차지한 외삼촌은 할머니 말을 거스르지 못해서 대학 내내 사귀었던 여자 친구와 우여곡절 끝에 헤어져야 했단다. 그런데 삼촌의 애인이 그 사실을 비관해서 나중에 자살을 하는 바람에 삼촌은 큰 충격을 받았고 그 이후 미국으로 들어가서 한국엔 아예 안 나온다고 했었다.

"나는 자식 잘되라고 한 거다만…… 그게 자식 망치는 일인지 왜 몰랐는지…… 세월이 지나 한참 뒤에 다시 생각해 보니 내가 참 미련타 싶더라. 세상에서 제일 좋은 부모는 자기 인생 잘 살아 주는 부모라 하던데…… 왜 내 인생 안 살고 남의 인생을 쥐고 흔들어 댔는지. 젖먹이들도 아니고 머리통 다 큰 자식들을…… 그러니 네 엄마 여울인 그나마 자기 인생 산다고 뛰쳐나간 게 힘인 거지."

그리곤 할머니는 내 머리를 한번 크게 쓸어 주신다. 마치 '너는 네 인생을 잘 살아라' 하고 당부라도 하시는 듯이 말이다. 이쯤에서 '할머니가 내 진로 문제를 이야기해 주시면 어떨까?' 하고 조바심 나는 마음을 먹긴 했지만 모처럼 화기애애한 해후의 자리를 망치게 될까 싶어서 마음속 바람은 과감히 접었다.

집에 돌아오니 아빠는 우리를 엄청 기다리신 눈치다. '혹시 무슨 일 없었나?' 하고 살피는 눈빛으로 엄마와 나를 번갈아 본다. 하긴 아빠도 할머니와의 흑역사가 있었던 만큼 긴장이 되셨나 보다. 엄마는 할머니와의 만남 뒤에 뭔가 생각할 거리가 많은 건지 집으로 오는 내내 묵직한 분위기를 조성했는데 아빠 눈에 그게 보였나 보다. 엄마 뒤에 서서 초조한 눈빛으로 내게 묻는다.

—엄마. 왜?

난 일부러 엄마까지 보이게 큰 동작으로 말했다.

—엄마. 할머니. 칭찬. 받다.

—칭찬?

—응. 씩씩하다. 잘 산다.

아빠는 그제야 안심이 되는지 빙긋이 웃는다. 그리고 난 아빠가 궁금해하실 만한 이런저런 이야기를 내 특유의 유려한 수화로 전해 드렸다. 그러자 아빠도 조만간 할머니를 뵈러 가야겠다고 하신다. 아빠는 언제나 엄마가 하는 대로만 한다. 언제는 할머니 이야기 꺼냈다고 나한테 화내시더니만 또 언제 그랬냐는 듯이 냉큼 할머니를 뵙고 싶다고 한다. 내 보기에 우리 아빠는 지독한 애처가다. 엄마가 씻으러 들어갔을 때 아빠는 내게 다시 물으셨다.

—진짜. 별일. 없었지?

—네. 두 분. 아주. 좋았다.

—좋아.


모두가 좋다고 하니 나도 좋다. 이제는 슬슬 내 이야기를 꺼내도 될 것만 같다. 이제 난 더 이상 배신자가 아닌 게 되었고 엄마와 할머니의 갈등도 해소되었으니 내 인생에 대해 진지하게 이야기 나누고 싶다. 할머니 말씀대로 자기 인생을 잘 살아 주는 게 제일 좋은 부모라면 마찬가지로 자기 인생을 잘 사는 게 좋은 자식일 테고 그러니 내 인생을 잘 꾸리기 위해 진로를 정하겠다는 내 의도는 극히 건설적인 일이 아닐까? 그리고 보니 내가 전에 만든 객관식 문항의 3번이 거의 이뤄진 것 같다.

난 나를 위해 애쓰는 기특한 우주와 발맞추기 위해 미뤄 둔 나의 숙제를 하기로 했다. 그래서 희수를 불러냈다. 나의 정체성을 인정하고 나니 진실에 다가설 수 있는 용기가 생겼기 때문이다. '이젠, 더 이상 어렵지 않아!' 이런 마음으로.

"진희수, 이게 얼마 만이야?"

"그러게."

"그동안 진짜 정신없었어. 여러 가지 일이 있었거든."

"나두."

"너두?"

"복싱을 배우기 시작했어."

"복싱을? 어쩌다가? 너하곤 좀 안 어울리는 운동 같은데?"

"나도 그렇게 생각하고 살았는데…… 일이 생겨서."

"어떤 일?"

"배워야 할 일."

"어떤 배워야 할 일?"

"사실은…… 학원 다녀오다 밤길에 중딩들한테 맞았어."

"저런!"

"나를 방어해야겠단 생각이 들더라구. 그래서……"

"그러네. 배워야 할 일 맞네."

"그런데 하다 보니 나하고 너무 잘 맞는 운동인 거야. 운명적인 만남이란 생각이 들 정도로."

"운명적이라니?"

"복서가 돼도 좋겠단 생각이 들 정도라니까."

"그래? 언젠가 책에서 읽었는데…… 우리 안에 잠재된 다양한 기질과 성격은 어떤 일로 촉발되기 전까지는 정체를 잘 드러내지 않는데. 그러니까 네가 맞은 일로 인해 비로소 복서로서의 기질이 드러난 거지. 그런 의미에서 촉발될 만한 일을 만나는 건 나쁜 일은 아닌 것 같아."

"인생의 복병을 만나는 일이 나쁜 것만은 아니란 소리?"

"그렇지. 복병이 한 대 치고 선물을 준다고나 할까?"

"그럼 맷값이야?"

"맷값이라기보다는 인생에 나쁘기만 한 일은 없다는 의미겠지. 물론 얼핏 보면 나빠 보일 수는 있겠지만 말이야."

"맞아. 처음엔 아닌데 나중에 보면 아니지 않은 게 있지."

"그래. 근데 그것도 더 길게 보면 아니지 않은 게 아닌 거 일 수도 있고."

"아닌 거 일 수도 있고."

"크크. 그만하자."

희수와 나, 우린 늘 이런 식의 대화법을 즐긴다. 혹자는 이런 걸 말장난이라고 일축하겠지만 우린 깊이 있는 대화를 즐겁게 하는 우리만의 비법이라고 생각한다.

"너한테 할 얘기가 있어. 어찌 보면 너와 아주 비슷한 일이네. 결과적으론 나도 나의 어떤 기질이 촉발된 그런 일이었으니까."

"뭔데?"

"내가 도망친 이야기."

"도망치다니?"

"그날, 토론 대회. 네가 응원 왔던 날. 그날 사실은 내가 도망을 쳤거든."

"뭐로부터 도망을 친 건데?"

"쪽팔림으로부터. 내가 거짓말을 했기 때문에……."

"무슨?"

"사실 우리 엄마, 아빠는 농인이야. 그런데 그날 엄마가 거기에 온 거야. 난 이미 너한테 우리 엄마, 아빠에 대해 실컷 뻥을 쳐놓은 상태인데. 너 또한 거기 와 있으니…… 모든 게 들통이 날 테고…… 그래서 도망친 거야."

"그랬구나."

"미안해. 진작 말하고 싶었지만 용기가 없어서 못 했어. 처음엔 그냥 소설 쓰듯 내뱉은 거짓말인데 나중엔 그런 설정이 너무 좋아서. 황홀했다고나 할까? 농인 부모를 가졌다는 게 나한텐 늘 콤플렉스였거든. 근데 거짓말을 하고 나니 그렇지 않은 나를 볼 수 있어서 좋았어. 역할 놀이 내지는 허언증 놀이 같은 걸 했던 거지."

"그래."

"진심으로 사과할게. 거짓말한 거."

"기꺼이 사과 받을게."

"만약…… 혹시 내가 너한테 거짓말을 했던 사실이 용납이 안 되면 지금 여기서 문을 박차고 나가도 좋아. 아님 슬그머니 내빼도 되고."

"근데 어쩌냐! 난 용납도 되고 이해도 된다. 나도 그러고 싶을 때가 있었으니까. 물론 용기가 없어서 거짓말은 못 했지만."

"뭐야! 용기가 없어서 거짓말을 못 했다니? 지금 나를 용기 있는 애로 둔갑을 시키는 거야?"

"아부가 아니라, 거짓말 그것도 용기가 필요한 일이거든. 뒷일을 감당할 자신과 알리바이를 만들 머리와 스토리를 꾸밀 상상력…… 기타 등등. 감수해야 할 게 많으니까."

"이봐, 그런 건 용기라고 표현하는 게 아니야. 설마 진심이야?"

"…… 뭐 …… 그렇단 거지."

"좋아. 네 말은 나를 위한 배려라고 받아들일게."

"그래. 용납이 된다는 말을 하고 싶었어."

"고마워. 근데……."

"근데?"

"근데…… 그렇게 도망치고 나니 내 안에 다른 기질이 촉발된 거야. 도망치고 난 뒤에 깨달은 건데 사실은 난 나를 찾고 싶어서 도망을 친 거였더라구. 단지 거짓말을 한 게 들통 나는 게 창피해서만은 아니었단 거지. 아니 어쩌면 시작은 그거였는데 나중에 다른 욕구가 생긴 건지 잘 모르겠지만 아무튼 난 이제 더 이상 끌려다니지 않고 내가 나를 끌고 가겠다는 의지가 솟구쳤어."

"그러네. 나랑 비슷하네. 내가 맞고 나서 나를 지켜야겠다는 의지가 샘솟아서 복싱을 하게 된 거나 마찬가지잖아."

"그래. 난 앞서가는 견인차가 되고 싶은 거야. 견인차에 끌려가는 차가 아니라. 내가 스스로 나를 움직이고 싶어서. 물론 시작은 우발적으로 튄 거지만 도망치고 난 뒤에 내 욕구를 처음으로 직시하게 된 거야."

"촉발된 거 축하해."

"고마워. 그리고 나서 내 욕구로 움직이면서 자신감이 붙기 시작했어. 내가 너한테 이렇게 나의 거짓말을 고백하는 것도 내 스스로를 직시하는 힘이 생겨서일 거야."

"직시할 수 있게 된 것도 축하해."

"고마워. 너도 운명적인 운동을 만나게 된 거 축하해."

"고마워. 역시…… 우리 스텝 투라 뭐가 달라도 다르다."

"그러게. 성숙해진 기분이야. 아무튼 너에게 솔직하게 이야기할 수 있게 된 게 얼마나 다행인지. 역시 용기는 내 볼 만한 거네."

"맞아."

"우리 다음에도 용기 내서 만나자."

"좋아."

"근데 사실 우리가 그동안 용기가 없어서 못 만난 건 아니잖아."

"그랬나?"

"내가 거짓말을 해서 가까이 갈 수 없었던 거지."

"그럼 이제 가까이 갈 수 있는 거네?"

"그렇지."

"진실은 좋은 거야."

"나도 그렇게 생각해."

"우리……또 한 번 업그레이드가 가능해진 기분이 드네."

"스텝 쓰리야?"

"좋아. 스텝 쓰리."

"스텝 쓰리에도 장애물이 있을까?"

"장애물이 없는 곳은 없어. 장애물은 건너면 되니까 뭐!"

"맞아. 그거 건너는 연습을 하는 데가 인생이라며?"

"와우! 우리 지금 너무 바람직한 말만 하는 거 아님?"

"그러게. 닭살 돋으려고 그러네."

"그런 의미에서 우리 담에 만나면 치킨 먹을까?"

"접수!"

있는 그대로의 나를 누군가에게 진솔하게 부려 놓을 수 있다는 건 엄청난 행운이다. 믿거라 하고 편하게 내 무거운 등짐을 그에게 펴 보일 수도 있고 잠시나마 감정적으로라도 그 무게를 나눠질 수도 있다. 그리고 더 이상 가상의 나를 꾸미려고 소모적으로 애쓸 필요도 없다. 우리는 편하게 보폭을 좁혀 다가앉아 마음을 나누며 서로를 위한 든든한 버팀목이 되어 줄 수 있었다.

희수 역시 내게 처음으로 자기의 속마음을 털어 놓았다. 내가 먼저 관용의 보자기를 펼치니 자기도 편하게 주머니 속 물건들을 다 꺼내 놓을 수 있는 것 같다면서. 관용이란 표현은 희수가 나를 배려하느라 굳이 에둘러서 쓴 표현일 뿐, 사실 진실의 보자기라고 말하는 게 맞다. 내가 저지른 거짓말을 자꾸 상기시키고 싶지 않은 거리라. 희수는 엄마가 돌아가시고 난 뒤로 과묵한 아빠와 역시 말 없는 남동생과 한집에서 사는 게 힘들다고 했다. 집에 들어가면 불 꺼진 방 안에 점점이 박혀 있는 기분이 든다고. 상대가 어디 있는지 뭘 하는지도 모르고 다만 그냥 한집에 같이 존재한다는 기분만 간신히 느끼고 산다며. 그래서 집에 가기도 싫고 지겹고 따분하다고.

"어쩌다 물이라도 마시려고 나갔다가 거실에서 마주치면 서로 화들짝 놀랄 지경이라구."

"그래도 언젠가 네가 무덤 속 같다고 표현했었는데 이번엔 불 꺼진 방이라고 하는 걸 보니 좀 나아진 거 아냐?"

"하긴. 그러고 보니 그럴 수도 있겠다. 전엔 아무도 안 느껴졌는데…… 운동하면서 내가 요새 조금 밝아진 거 같아."

"근데 네 아빠랑 동생이 절대적으로 말이 없는 거야? 넌 아니잖아. 나랑 이렇게 잘 하는데?"

"그렇게 따지면 절대적이랄 수는 없어. 아빠가 친구분이랑 통화하는 걸 들은 적 있는데 나 정도는 하시더라구. 동생이야 사춘기라 특수한 상황이라 치고."

"그니까 상대적인 거지. 아마 관계가 처음에 그렇게 설정이 되어 있어서 그런 걸 거야. 그럴 땐 새로 사귀는 수밖에 없어."

"아빠랑 새로 사귄다고?"

"어."

"하긴 그동안 엄마가 중간 역할을 다 하셔서 아빠랑 나랑은 얘기할 기회가 거의 없었어. 게다가 그땐 지방 근무를 하셔서 주말에만 잠깐 볼 수 있었으니 더 그랬고. 네 말대로 새로 사귀기라도 해야 하나? 어떻게 하지?"

"접근 방식을 다르게…… 이를테면 톡으로라도 네가 먼저 아빠한테 이런저런 안 하던 이야기를 한번 늘어 놓아 봐. 그럼 처음엔 어색해하다가 아빠도 서서히 네 페이스에 말려들걸?"

"맞다. 아빠도 내 생일 카드엔 생전 들어본 적도 없는 말을 쓰셨더라고. 사랑한다고. 그걸 보는데 깜짝 놀라서 덮었다니까?"

"거봐. 너도 해 봐. 그거보다 더한 말을 한번 찔러 보는 거야."

"내가 그렇게 할 수 있을까?"

"할 수 있어. 처음만 어렵지. 영어도 아닌데 왜 못 해?"

"그러게."

그리고 희수에게 정말 의외의 말도 들었다. 덕분에 내가 오랜 시간 잘못 생각하고 있었던 것들을 바로 잡을 기회가 생겼다.

"유나야, 캠프에서 널 처음 봤을 때 뭐가 가장 인상 깊었는 줄 알아? 넌 항상 말을 할 때면 상대의 눈을 똑바로 바라보며 가만히 초점을 맞추곤 했어. 그때 난 낯을 가려서 그것만으로도 가슴이 떨렸지. 그리고 넌 말을 할 때면 살포시 내 팔을 누르든 잡든 스킨십을 잘 했어. 또 다른 애들에 비해 표정도 무지 풍부하고 말을 할 때마다 손을 움직여 대는 모습이 특이해서 난 네가 외국에서 살다 온 애가 아닐까 생각했어."

희수는 그런 내가 너무 부럽고 좋았단다. 스스럼없이 말간 눈빛으로 자기를 바라보는 것도, 그리고 친근하게 팔을 잡아주는 것도. 희수의 말을 듣고 있으니 정말 아이러니한 기분이 들었다. 내 안에서 바글바글 끓고 있었던 열등감을 그 애는 전혀 몰랐다는 거다. 아니 내 모든 행동을 자신감이 넘치는 표현이라고 보았다니……. 헛웃음도 지어지고 한편으론 허탈한 마음도 들었다.

사실 난 말을 배우기 전 수화부터 배운 아이다. 즉 청인이지만 농인으로 먼저 살았고 엄마, 아빠와 집에서 생활하다 보니 수화를 하는 게 몸에 배어 있었다. 그래서 항상 눈을 마주치며 이야기했고 청인들과 말을 하면서도 나도 모르게 수화를 하듯이 손을 움직이게 되었고 또 농인들이 흔히 하듯이 스킨십도 자주 했다. 그 모든 행동을 학교에서는 의식적으로 자제를 했지만 워낙 몸에 밴 터라 쉽지 않았고 그래서 학교 다닐 때 그 일로 애들에게 놀림을 받곤 했다. 그런데 희수는 그런 나를 매력 있게 보았단다.

"나 초등학교 때 애들이 내 별명을 '유나니'라고 불렀어. 처음엔 내 이름이 유나라서 그렇게 지은 건 줄 알았는데 나중에 알고 보니 내가 말할 때 유난히 몸을 많이 쓴다고 유나니라고…… 그래서 그게 내 콤플렉스였는데 넌 그게 좋다고 하니……."

"그래? 혹시 걔들도 그게 나쁜 의미가 전혀 아니었는데 네가 그렇게 생각한 거 아닐까? 자격지심 때문에?"

"글쎄. 그럴 수 있었을지도 모르겠다만, 물론 그것 말고도 실제로 내가 유난한 게 있었지. 엄마, 아빠의 약점이 내게도 남아 있을지 모른다는 피해 의식 때문에 어떻게든 약점에서 벗어나려고 공부도 열심히 했고 뭐든 유난스럽고도 악착스럽게 했거든."

"그건 장점이잖아. 네 약점이 너를 키운 거네?"

"결과적으로야 그렇지만."

그러고 보면 우리는 잘못된 생각으로 자신을 잘못 판단하고 혼자서 자기 자신을 해치는 경우도 많다는 생각이 들었다. 괜한 피해 의식으로 의식적으로 손을 덜 쓰려고 했던 나 자신을 이젠 놓아야겠다는 생각을 해 본다. 피해 의식 때문에 냉동 칸의 고기처럼 딱딱했던 엄마의 마음이 부드러워진 것처럼 나 역시도 말랑말랑해져 가는 기분이다. 엄마의 움직임이 내게도 전해졌나 보다. '나비 효과'가 맞다.

# 너무 아픈 사랑은 사랑이 아니다★

핸드폰이 내 침대의 매트리스 사이에 빠진 채 몸을 떨며 요동을 친다. 지축이 흔들리는 기분이라 더 버티지 못하고 잠에서 깨야만 했다. 일어나 시계를 보니 여차하면 지각을 할 수도 있는 시간이다. 놀라서 후다닥 튀어나가 욕실로 가려는데 거실 한가운데 서서 엄마, 아빠가 열심히 대화 중이신 게 눈에 들어온다. 내가 나왔는지도 모를 정도로 두 분은 열변을 토하시는데 특히 아빠의 손짓이 강렬한 걸 보니 화가 나신 눈치다. 절대 흔한 풍경이 아니다. 잠이 덜 깨서 잘 보이지 않아 눈을 비비고 초점을 맞춰 바라보려니 엄마가 나를 발견하고는 그만하라고 아빠의 팔을 잡는다. 미루어 짐작건대 틀림없이 내 얘기였으리라. 그렇지 않고서야 갑자기 멈출 리가 없지 않은가? 칫솔질을 하면서 난 생각했다.

'아직도 내 뒷담화를 할 일이 있을까? 이젠 배신자도 아닌데?'

아침은 시리얼로 대충 때우고 허겁지겁 뛰어나가 마을버스를 탔다. 자리에 앉아 핸드폰을 보니, 이런! 아침에 요동을 친 건 이모의 전화였다. 부재중 세 통. 놀라서 전화를 거니 안 받는다. 그러고 보니 이모의 톡도 와 있다.

—네 문제 말이야. 대충 성공한 거 같네. 너희 엄마가 맘이 많이 흔들린 거 같으니 그러니까 그 얘기는 당분간 넌 꺼내지 말고 엄마가 말할 때까지 잠시만 기다리고 있어. 옆에서 재촉하면 기분 안 좋을 수 있는 게 사람 심리니까. 글고 어제 할머니가 너를 위해 일부러 더 그런 말씀 하신 거 알지?

눈물 나게 고맙다. 감격의 눈물이 터지는 이모티콘을 이모에게 날리면서 감사의 인사도 전했다. 그러자 잠시 뒤에 답이 온다.

—기왕에 감격하는 김에 더 해라. 너희 학교 근처로 이사 가자고 할머니한테 말했더니 좋다시네.

헉! 이모는 진정한 나의 걸 크러쉬. 엄마가 마음을 바꾸는 중이라니…… 감격스럽기 그지없다. 게다가 할머니 집에서 학교에 다니려면 왕복 두 시간은 길에 흘려야 하는데 그것조차 감수하려던 나에게 이런 뜻밖의 은혜를 베풀다니⋯⋯. 모두에게 너무 감사해서 보답의 의미로 오전 내내 정말 딴짓 안 하고 집중해서 공부를 했다. 이런 식이라면 원하는 대학 어디든 갈 수 있을 것 같다. 물론 이런 식이 계속될 수 있으리란 보장은 없지만 말이다.

점심시간엔 입이 너무 간지러워 참을 수가 없어서 결국 주은이와 승미에게 나의 진로에 관한 그간의 이야기를 털어놓았다. 오늘 접수한 쾌거의 소식까지. 그랬더니 격려의 박수를 쳐 준다. 내 용기를 지지한다고 주은이가 커피 우유도 사 줬다.

"반은 간 거네?"

다짜고짜 반 타령을 하는 승미의 말에 주은이가 물었다.

"뭔 소리? 설마⋯⋯ 너 시작이 반이다. 이딴 진부한 소리를 하려는 거야?"

"그렇잖아. 부모님 반대를 이겨 가면서 한 발 뗀 거니까 그것만으로도 입시를 향한 시작은 한 거라고 볼 수 있지. 설마 전쟁터로 가겠다고 악다구니를 써서 간신히 집 떠나 갑옷까지 껴입은 병사가 퍼질러 앉아서 놀기야 하겠어? 열심히 싸우겠지?"

"승미 해석이 그럴싸한데? 유나, 너 앞으로 대놓고 놀 수는 없겠다."

"그러게. 나 엉겁결에 의욕에 불타게 되네."

"친구 따라 강남 간다는데 주은아, 우리도 유나 따라 같이 뛰자."

"오키!"

우리 셋은 우유로 건배하며 도원결의라도 하듯이 모두 꼭 원하는 대학에 가자며 등나무 아래서 손가락까지 걸었다. 아직도 깁스를 하고 다니는 주은이의 팔에 서약서도 적고 오늘 날짜로 사인도 했다. 덕분에 하루를 정말 실하게 열공 모드로 꽉 채울 수 있었다. 잡념이 비집고 들어올 틈이 없는 순도 백 퍼센트의 열공으로.

저녁 때 집에 오니 내 침대 옆에 커다란 쇼핑백이 있었다. 뭔가 하고 들여다보니 새 침대 시트와 잠옷, 수건, 속옷 등등이 가득이다. 마치 캠프 준비물이라도 챙겨 놓은 것처럼 보인다. 난 주방으로 가 엄마한테 뭐냐고 물었더니 엄마는 눈을 맞추고 아주 덤덤하게 답한다.

—이사 준비.

그리곤 다시 뒤돌아 묵묵히 저녁 준비에만 열중하신다. 순간 가슴이 덜컹 내려앉았다.

'뭐야? 이사? 그럼 난 기어코 부여로 가고 전학을 해야 한다는 거임?'

나도 모르게 뜨악한 표정이 지어진다. 실망감에 뒤돌아 내 방으로 돌아와 어깨를 축 늘어뜨린 채 책상에 앉아 있었다.

'학교에서의 우유 축배는 잘못 터뜨린 샴페인이었던가?'

자괴감이 엄습해서 책 속의 글자가 한 자도 눈에 안 들어왔다. 그때 갑자기 핸드폰 위로 톡이 뜬다. 엄마다.

— 너 할머니 집으로 이사.

— 진짜?

— 진짜.


처음 알았다. 엄마한테 이런 쿨함이 있는지는. 늘 전전긍긍하고 애태우고 약해서 내 맘을 아프게 했는데 이렇게 터프 가이처럼 내지는 시크한 애인처럼 갑자기 할머니 집으로 가라고 준비물까지 미리 마련해 놓다니 정말 의외다.


— 감사. 공부 열심히 할게.

— 그럴 거라고 믿어.


아무리 생각해도 이건 진짜 엄마답지 않다. 우리 엄마는 항상 징그러울 정도로 긴 서론을 늘어놓고서야 간신히 본론으로 들어가는 캐릭터였는데 어쩌다가 갑자기 본론으로 한 방에 훅 들어가는 행동을 하신 걸까? 단기 속성 과정으로 이모한테 배운 걸까? 솔직히 아침에 이모에게 낭보의 예고편을 듣긴 했지만 앞으로 조금은 더 인내의 시간을 보내야 결론이 날 줄 알았다. 한두 번 정도의 실랑이 내지는 시달림, 혹은 회유 이런 걸 겪고 나야 내가 원하는 결과를 얻을 수 있을 것이라 생각했는데 이건 너무 쉽다. 난 주방으로 뛰어갔다. 기분이 너무 좋아 소리 내어 환호라도 지르며 한 바퀴 빙그르르 돌고 싶었지만 그러면 엄마가 섭섭해할 수도 있을 것 같아 조용히 뒤에서 엄마를 껴안았다. 감사의 포옹, 그리곤 원하는 것을 얻은 자의 포만감에 젖어 엄마 등에 기대어 히죽히죽 웃어도 본다. 엄지손가락을 들어 '예스!'도 표현하고.

물론 엄마 등 뒤에서 환호 정도는 내 마음껏 목청껏 질러도 된다. 엄마는 모르실 테니까. 그렇지만 하지 않는다. 엄마로서는 이 결정이 행복한 승낙은 아닐 테니까. 엄마와 나, 우리 둘 다 행복한 결정은 왜 없는 걸까? 마치 시소의 운명처럼 한쪽이 올라가면 반드시 한쪽은 꼭 내려가야 하는 그런 일이어야 하는 건지 슬프다. 그래도 먼 훗날 엄마가 지금의 이 결정을 '잘한 일'이었다고 생각하실 수 있게 된다면 지금의 이 슬픔쯤이야 삼켜도 좋을 몸에 좋은 약이 아닐까? 이런 생각으로 스스로를 위로해 본다. 그런 날을 만들어야겠다는 각오를 새롭게 하며 다시 한번 엄마를 꼭 안아 보는데 요새 엄마 허리가 너무 가늘어진 기분이 든다. 다이어트라도 하시는 건가? 엄마 허리를 재 보기라도 할 심사로 양손으로 꼭 쥐려 하자, 엄마는 내 팔을 빼고는 몸을 돌려 내게 말한다.

—아빠. 아직. 반대. 기다려.

아빠가 반대를 하다니? 이것도 좀 의외의 사실이고 특이한 예다. 아빠는 지독한 애처가인데 엄마 의견에 반대를 하다니? 내 기억으로 엄마가 오케이 한 일을 아빠가 반대한 예는 거의 없다. 그렇다면 아침에 엄마와 격렬하게 이야기하던 게 바로 이 얘기였나

보다. 그나저나 엄마는 언제 이런 결정을 내리신 걸까? 며칠 전 할머니 이야기를 듣고 맘이 바뀌신 걸까? 이럴 줄 알았으면 아빠도 같이 모시고 가서 할머니 이야기를 듣게 하는 건데…… 하지만 난 걱정하지 않는다. 아빠는 어차피 엄마가 하자는 대로 따라 할 테니까.

새벽까지 공부하다 책상에 엎드려서 잠깐 잠이 들었는데 시끄러운 소리 때문에 깼다. 나가보니 아빠가 술에 잔뜩 취해서 들어오셨다. 좌우로 비틀대면서 제대로 서지도 못 할 정도로 취했건만, 아빠는 신기할 정도로 말간 얼굴로 나를 바라보시며 '안 돼'를 반복하셨다. 아빠가 말하는 '안 돼'가 무슨 말인지 알 것 같아서 나 역시 '왜?'를 반복해서 응대했건만 너무 많이 취한 아빠는 정작 그 뒷이야기를 이을 여력은 전혀 없으셨다. 그리고는 아빠는 내 손을 잡고 내 방으로 들어가자고 고집을 피우셨는데 엄마가 아빠의 등을 힘껏 밀어 안방 쪽으로 넣으셨다. 안 들어가겠다고 버티며 버둥대는 아빠와 결연하게 안으로 밀어 넣으려는 엄마를 보고 있자니 마치 줄다리기라도 하는 것처럼 보였다. 두 분 사이에 생애 처음으로 벌어지는 실랑이를 내가 목격하고 있는 기분이 들었다. 두 분은 늘 잘 포개진 풀잎처럼, 사이좋은 전쟁 고아들처럼, 만난 지 이제 갓 백일을 넘긴 풋풋한 연인처럼 서로를 무작정 감싸기만 하시던 분들인데 신기할 따름이다.

결국 엄마의 승리로 끝났지만 방에 들어가서도 두 분은 이런저

런 시끄러운 소리를 내신다. 마치 육박전이라도 하듯이. 물론 지금
이야 그런 게 아니란 건 알지만, 솔직히 저런 소리는 나로 하여금
이상한 상상을 하게 해서 별로 안 좋다. 제발 두 분이 조심 좀 했으
면 좋겠는데 절대 모르신다. 하지만 이제 머잖아 나는 할머니 집
으로 갈 테니까 오늘은 그냥 참기로 한다. 그리고 답답하지만 귀
마개용으로 헤드폰을 썼다. 공부에 열중하기 위해 소음을 차단하
려는 의도이기도 했지만 '안 돼'를 외치던 아빠의 모습을 깨끗이
털어 내기 위함이 더 컸다. 이건 나 자신에게 '뒤돌아보지 마라'
이런 주문을 외우는 것이기도 하다. 뒤돌아서 갈 게 아니라면 괜
히 뒤돌아본들 마음만 아플 테니까. 아빠의 고통은 아빠의 몫이다.
아빠도 나나 엄마처럼 슬픔이라는 몸에 좋은 쓴 약을 삼키는 시간
이라고 생각한다.

　짧지만 깊은 초저녁잠을 잔 뒤의 새벽 시간은 공부하기 아주 좋
은 시간이다. 승미가 말한 대로 내가 출발점에서 반이나 온 걸지
도 모른단 생각을 하니 괜히 우쭐해진다. 물론 실제 현실은 그게
아니란 걸 모르지 않지만 역시 격려와 칭찬은 참 좋은 약이다. 우
리에게 의욕을 갖게 하니까. 칭찬의 보답으로 고래는 춤을 추어
보인다지만 난 고래보다 업그레이드된 버전으로 나 자신을 위한
투자를 한다. 난 사육당하는 돌고래가 아니므로.

　다음 날 아침 식탁엔 딸랑 2인분만 차려져 있었다. 아빠는 아직
도 주무신단다. 어제 술을 진짜 많이 드셨나 보다. 생전 늦잠을 자

는 적이 없는 분이라 이상해서 안방으로 들어가 아빠의 얼굴을 들여다보려고 했다. 그러자 아빠는 몸을 휙 돌아누우시더니 얼른 가라고 손만 휘휘 저으신다. 학교로 가는데 기분이 조금 묘해진다. 아빠 얼굴은 직접 못 봤지만 기분이 안 좋으시다는 것 정도는 뒷모습만으로도 얼마든지 읽힌다. 뒷모습도 나름 말을 하니까. 대체 아빠는 왜 반대를 하는 걸까? 이제 엄마도 찬성하고 또 내가 배신자도 아니건만 뭣 때문에 안 된다는 걸까? 물론 여자애라 부모 밑에 있어야 하고 어쩌구저쩌구 그런 이야기를 할 수도 있다는 건 안다. 그래도 엄마가 허락할 정도라면 아빠는 엄마보다 훨씬 더 헐거운 사람이라 먼저 오케이를 했어야 하는데 뭔 일인지 모르겠다.

하긴 막상 닥쳐보기 전까지는 잘 모르는 게 사람이라고 했다. 그런 의미에서는 엄마 역시 마찬가지니까. 아무리 할머니가 자식 인생, 부모 인생을 갈라서 이야기를 했다 해도 저렇게 쉽게 엄마가 생각을 바꾸시다니 놀랍다. 나비 효과의 여러 단계가 엄마를 이렇게 저렇게 변화시킨 게 분명하다. 그리고 어쩌면 아빠는 평상시에 나를 대하는 것보다 나에 대한 애착이 훨씬 더 강한 것인지도 모르겠다. 아빠들은 다들 자식에게 하는 애정 표현에 서툴다고 하니까. 그렇다고 생각하니 알싸한 기분이 들기도 하지만 이건 내 미래를 위한 진지한 결정이다. 그야말로 심심풀이 땅콩으로 정한 게 아니니까 어설픈 감정은 완전히 털어 내자고 스스로에게 다짐해 본다.

하지만 내가 힘들게 감정을 털어 낼 필요도 없었다. 왜냐하면 다음 날부터 아빠는 언제 그랬냐는 듯이 나의 이사 문제에 대해서는 아예 언급조차 안 하셨기 때문이다. 마치 까먹은 사람처럼. 하지만 내 보기엔 그냥 엄마 의견에 순종하기로 맘을 잡수신 것 같다. 어차피 애처가니까. 그리고 다수결로 해도 아빠가 절대적으로 불리하다. 그러니 냉큼 맘을 접으신 걸 거다. 그래서 우리는 편하게 그 다음 일을 진행할 수 있었다.

쉬는 날에 이모가 와서 엄마와 함께 학교 근처 아파트를 보러 다녔다. 운 좋게도 학교에서 두 정거장 거리에 재건축한 신축 빌라들이 많아서 빈집을 쉽게 구할 수 있었다. 그리고 틈틈이 엄마는 내 새살림을 사서 모았다. 라이언이나 튜브가 그려진 머그잔이랑 쿠션, 슬리퍼, 심지어 비타민, 치약, 샴푸까지. 대체 이딴 걸 뭐 하러 사냐고 이모가 머리털이 쭈뼛 서도록 펄쩍 뛰는데도 엄마는 막무가내로 사 모았다. 마치 나를 시집이라도 보내는 것처럼 말이다. 급기야 엄마가 내 문구 용품까지 사려고 할 때는 나 역시 엄마를 뜯어말리고 싶은 욕구가 흘러넘치다 못해 화까지 났다. 문구 용품 구매 행위는 즐거운 나만의 특권이기 때문이다. 하지만 이를 악물고 참았다. 나 하고 싶은 걸 했으니 이번엔 엄마가 하고 싶은 대로 하게 내버려 둬야 할 것만 같았다. 말 그대로 이번엔 엄마 차례니까. 이 정도의 배려도 안 한다면 그건 너무 이기적인 행동이니까.

이사를 앞두고 있으니 이래저래 마음이 무거웠다. 엄마, 아빠와 떨어져 산다는 게 어떤 걸지 전혀 실감이 안 나서 약간 두려운 마음도 있었다. 하지만 문을 열어 봐야 알 수 있는 일에 두려움은 늘 상 동반하는 감정인 법이라 그건 차라리 익숙하게 받아 넘길 수 있었다. 그리고 설사 그것 말고도 어떤 고약한 감정이 예기치 못하게 나타나 나를 점령한다 해도 그건 문제가 안 된다. 내 마음은 내가 혼자서 어떻게든 해결하면 되는 거니까. 그야말로 죽이 되든 밥이 되든 내가 이렇게 저렇게 빚어내면 되는 내 소관이니까.

문제는 내 영역 밖의 일이다. 내가 어쩔 수 없는 것들, 예를 들어 나로 인해 슬퍼하거나 내가 없어서 생활이 불편해질 수도 있을 엄마, 아빠를 생각하면 마음이 무거웠다. 마음에 무거운 추가 달려 온몸이 축축 처지는 기분이 들었다. 심지어 내 이마 위에 불거진 빨간 여드름을 보고 있으면 그게 마치 나의 이기심의 표징인 것만 같아 보일 정도였다. 왠지 이기심은 빨간색일 것만 같아서. 특히 해 질 녘 어쩌다 내가 이른 귀가를 하게 될 때, 불 꺼진 어둑한 거실 소파 위에서 널브러져 자고 있는 엄마를 보면 가슴이 너무 미어지게 아파서 미칠 것만 같았다. 그럴 때면 당장 그 자리에서 도망치고 싶어진다. 그래서 하루빨리 할머니 집으로 이사 가는 날이 오길 기대하다가 곧이어 뼈저리게 후회를 하기도 했다. 내 머리통을 쥐어박으며 '지금이라도 엄마한테 잘해야지' 이렇게 마음을 다잡아 보지만 솔직히 내 안엔 '그날'을 기다리는 염치없는 마음이 버젓이 존재했다.

'난 엄마를 싫어하는 것도 아니고 정말로 사랑하는데…… 왜 엄마를 보면 괴롭고 도망치고 싶은 마음이 드는 걸까?'

왜 우리는 아픈 사랑을 하고 있는 걸까? 혹시 엄마하고 나는 서로 다른 방향으로 오르다 보니 서로를 얽어매게 된다는 등나무와 칡과 같은 존재인 걸까? 편평한 땅에 서로 적당한 거리를 두고 선늘씬한 나무들처럼, 각자 내린 튼실한 뿌리로 하늘을 향해서 거침없이 자라는 의연한 나무처럼 우리도 그렇게 지낼 수는 없는 걸까? 너무 아픈 사랑은 사랑이 아닌 것만 같다. 아프지 않은 사랑을 하고 싶은데…….

# 그날이 왔다★

시간은 언제나처럼 한결같은 자기 페이스대로 걸어가더니만 마침내 우리에게 '그날'을 선보였다. 엄마, 아빠는 부여로 나는 할머니 집으로 이사 가는 날. 아침 댓바람부터 날 돕겠다고 우리 집에 들어선 승미와 주은이는 '서유나 분리 독립의 날'이라며 너스레를 떨며 떠들어댔다. 하지만 '분리 독립'이란 말이 왠지 엄마, 아빠에겐 서운하게만 들릴 것 같아서 난 '쉿!'을 외쳤다.

"왜?"

"노노! 그 표현 적절치 않아."

"뭣 땜시?"

난 마치 내 스스로 엄마, 아빠로부터 분리되고 싶어서 기를 쓰다가 간신히 탈출해 마침내 독립한 것 같은 내밀한 속사정이 그 말에 고스란히 드러난 기분이 들어 민망하다고 말했다. 그러자 내 마음의 켯속을 읽은 주은이는 수긍이 간다며 크게 고개를 끄덕였 건만 승미는 여전히 속없이 떠들어 댄다.

"에잉~ 그거야 너의 괜한 자격지심이지! 어차피 인간은 누구나 서로로부터 분리 독립을 하는 거라구."

"그래도."

"뭐가 그래도야? 난 너가 개부럽구만. 오늘 엄마가 동생들 떼로 목욕시켜야 한다고 못 나가게 했는데 몰래 탈출했어. 애들 욕조에 담가 놓고 튀었지. 왜 그렇게 기를 쓰고 나온 건지 알아? 나 대리 만족하고 싶어서 나온 거야. 분리 독립, 얼마나 아름다운 말이냐? 알에서 깨어나는 병아리를 떠올려 봐. 나 감동 먹어서 눈물이 다 나올라구 한다."

"뭔 눈물씩이나?"

"가족끼리라도 서로 건강하게 분리가 안 되어서 감정적으로 뒤 엉켜있으면 서로를 구속하는 애증 관계가 되는 거거든. 그건 일종 의 가족 최면 상태야."

"승미야, 네 말에 뭔가 전문가의 필이 솔솔 풍기는데? 어디서 주 워들은 거야?"

주은이의 말에 승미가 깊은 한숨을 게워 내며 하소연을 한다.

"사실 일주일 전부터 우리 집에 작은아빠가 와 계셔. 너희들 도 알다시피 우리 집에 식구가 넘쳐나는데 작은아빠까지 와 계실 데가 어디 있니? 결국 작은아빠하고 아빠랑 막내가 한방을 쓰고 엄마가 할머니랑 한방을 쓰게 되었는데 그게 얼마나 힘든 일인지…… 너희들은 모를 거다. 아무튼 엄마가 날 붙잡고 하소연하고 화도 내고 내 숨통을 조이니까 나도 죽을 지경이야. 오죽 하면 내가 상담실에 가서 상담을 했다니까?"

"학교?"

"아니, 학교는 좀 그래서. 신분 보장이 안 되잖아. 그래서 구청에 있는 심리 상담소에 갔었어. 거기 상담 샘이 빌려준 책에 보니까 그렇게 쓰여 있더라구. 가족이라는 이유로 말도 안 되게 엉기는 건 일종의 가족 최면이래. 할머니는 그게 가족끼리의 우애라고 우기시지만, 그건 우애를 빙자한 구속이지. 혈연이라도 경계가 있어야 하거든. 그래서 난 작은아빠가 당장 우리 집에서 나가셔야 한다고 봐. 아니, 울 아빠가 나가 달라고 말해야 한다고 보는데 할머니 눈치 보시느라 입도 못 떼시네."

"승미, 너 진짜 힘들겠다. 진짜 대리만족할 만도 하네."

"그럼. 나…… 고기 먹고 싶어서 지금 고깃집 앞에서 냄새 맡는 거야."

승미는 주은이의 깁스한 팔을 들어 갈비 뜯는 시늉을 하면서 말했다. 주은이는 다리까지 들어서 승미에게 대주면서 말한다.

"고깃집이라니…… 왠지 처절해 보인다. 이것까지 마저 먹어라."

"아무튼, 서유나 독립 만세!"

"우승미! 유나가 그만하라잖아."

"뭐! 근데 어차피 못 들으시잖아."

"그러니까…… 그래도……그래서 더 그러면 안 되는 거지."

"그런가?"

그렇게 우리는 두 갈래 길로 나눠서 갔다. 엄마, 아빠는 남쪽 부여로, 나는 서쪽 할머니 집으로. 다들 할머니 집이라고 공식적으로 명명은 하지만 학교 근처로 이사한 새집이고 우리 모두의 새집이니 이모는 외갓집이라고 새 이름을 붙이자고 했다. '새 술은 새 부대에, 새날엔 새 사람들이, 그리고 새집엔 새 이름을'이라며. 하긴 새집은 할머니나 이모나 나나 모두에게 똑같이 새로운 기분이 들어서 좋았다. 아마 두 분이 사시던 곳으로 내가 들어갔다면 조금 달랐을 것이다. 그런 면에서 새집에서의 시작은 모두에게 공평한 것처럼 여겨진다. 나의 이런 생각엔 이모도 적극 동의하고 그에 걸맞은 수식까지 늘어놓았다.

"맞아. 2+1이랑 1+1+1은 기분이 많이 다르지."

어느 날 갑자기 내가 두 분 삶에 얹어진 무엇이 아니라 새롭게 조합을 이뤄 새로운 케미를 만들어 가는 시간이 시작되었다. 이모는 '새 역사가 시작되었다'란 다소 거창한 표현을 썼는데 난 그 말이 아주 맘에 들었다. '새 역사'가 맞다. 내 인생을 크게 1부, 2부로 나눈다면 지금부터가 2부의 시작이다. 대단원의 막이 오른 거다.

물론 처음엔 엄마, 아빠와 떨어져 사는 게 익숙하지 않아 모든 게 낯설고 버석거리는 느낌이 들었지만 곧 그 낯섦 자체에 익숙해지면서 친숙한 일상으로 자리 잡았다. 난 잃은 것보다는 새로 얻은 것에 더 집중하는 스타일인가 보다.

무엇보다도 할머니나 이모가 농인이 아니란 게 참 좋았다. 이렇게 구체적으로 '좋다'라는 표현을 하는 게 부모님께는 정말 죄송한 맘이 들긴 하지만 그게 사실이긴 했다. 나로서는 살면서 처음 느껴본 표현의 자유로움이 집안에 존재했으니까. 집에서 어휘를 마음대로 구사하고 온갖 수식어를 붙여서 편하게 마음을 늘어놓고 또 내가 던진 말의 답을 바로 들을 수 있다는 게 좋았다. 소리의 실체가 눈에 보이는 공이 되어 집안을 날아다니는 기분이 들었다. 특히 이모가 요리하면서 콧노래를 부르는 걸 듣거나 할머니가 매듭을 꿰면서 나직한 목소리로 혼잣말을 하시는 소리를 듣고 있으면 간질간질하면서도 야릇한 기분에 빠진다. 모두에겐 이미 익숙하다 못해 무감각할 그 느낌을 난 이제야 처음 맛보고 있었다. 하지만 다시 가만히 생각해 보면 그 느낌 자체가 좋아서라기보다는 나 역시 평범한 사람들의 범주에 들어와 있다는 안도감이 더 크기 때문이 아닌가 하는 생각도 들었다.

하지만 좋은 게 전부일 수만은 없었다. 어차피 인생이 그런 거니까. 엄마, 아빠의 부재는 묘한 공허함으로 다가와 때때로 우물 속에 얼굴을 묻고 소리를 지르는 기분이 들기도 했다. 엄마의 뺨이

나 등에 얼굴을 묻고 비비고 싶은데 그럴 수 없기에 멍해질 때도 있었고 무엇보다도 항상 약간의 긴장을 몸에 심고 있어야 한다는 불편함도 있었다. 외출복을 집에서 입고 있는 기분이라고나 할까? 아무튼 한쪽 벽면이 거울로 되어있으면 나도 모르게 자꾸만 거울을 의식하게 되고 자세를 곧추세우게 되듯이 집에서도 완벽한 무방비 상태로 있을 수는 없었다. 그건 이모와 할머니가 만든 분위기 때문은 절대 아니다. 그냥 엄마, 아빠가 아니기 때문에 생길 수밖에 없는 공식적인 거리이다.

하지만 안 좋은 느낌과 마주치면 난 비교적 적극적으로 대처를 했다. 왜냐하면 이건 나의 선택이니까. 승미가 표현한 대로 난 이미 반이나 와 있는데 후진을 할 요량이 아니라면 안 좋은 느낌은 극복해야 한다. 짙은 운무 사이로 눈을 질끈 감고 앞으로 발을 내딛는 나의 모습을 상상하면서 이겨냈다. 그리곤 넷북을 켜고 엄마와 수어로 마음껏 수다를 떨었다. 엄마와 같이 살 때와는 다른 느낌의 수어가 내 앞에서 움직였다. 전에는 늘 뭔가 다 전달할 수 없는 것 같다는 부족함으로 여겨지던 수어가 이제는 내용전달과 느낌과 표정이 다 와서 닿는 다면체의 언어로 와닿곤 했다. 그리고 또 우리만의 속삭임의 전유물 같아 은밀함이 느껴지기도 했다. 무슨 조홧속인지 모르겠다. 아마도 그건 같은 물건이라도 갖고 있을 때와 가질 수 없을 때 그 느낌이 다르게 와닿는 그 무엇과 비슷한 것이리라. 언젠가 엄마를 향해서 '수화로는 한 땀 한 땀 전하지 못

하는 무엇'이 있다고 투정을 부리던 때의 나 자신이 말이 안 된다는 생각이 들기도 했다. 전할 수 없어서가 아니라 수화로는 안 된다는 내 생각이 더 컸기 때문이었을지도 모르겠다.

부여 집에는 딱 한 번 가봤는데 5층짜리 새 건물이 아주 깨끗하고 모든 게 널찍널찍해서 쾌적했다. 물론 거기엔 아직 채 입주 안 된 매장들이 많아 황량함도 있었고 새 건물 특유의 거친 냄새가 나는 것도 약간 거슬렸지만 엄마의 퀼트 숍이 너무 근사해서 나머지는 다 까먹을 정도였다. 특별한 인테리어는 하나도 없지만 퀼트 제품만이 태생적으로 갖고 있는 따스함과 은근한 화려함 때문에 숍은 저절로 근사해져 있었다. 엄마가 만든 제품을 그렇게 전시할 수 있다는 것만으로도 엄마는 충분히 행복한 것 같았다. 비록 엄마의 얼굴은 까칠해져 있고 말라 보였지만 그동안 이사로 인해 피곤했기 때문이라고 했다. 할머니의 매듭도 한쪽에 근사하게 자리 잡고 있었다. 그리고 아빠가 새로 취직한 식당은 퓨전 중국집이라 분위기가 일반 중국집과는 비교가 안 되게 고급스러웠는데 더불어 음식까지도 아주 특이하고 맛있었다. 근처에 당구장이랑 노래방, 그리고 스크린 골프장이 많아서 밤낮 가릴 거 없이 장사가 잘 된다고 자랑을 하셨다.

그래도 엄마, 아빠는 내가 없어서 황량한 벌판에 나와 앉아 있는 기분이라고 잠시 언급했지만 이내 말을 거둬들였다. 농담이라며, 사실은 얼마나 편한지 모른다고 말을 돌리셨다. 물론 농담이 아닌 건 나도 잘 알지만 그냥 모두의 편의상 농담으로 남겼다. 어차피 익숙해져야 할 일인데 현미경으로 군이 조목조목 들여다보고 분류하고 색인을 붙일 필요는 없다고 생각했다. 불편한 진실이니까. 아니, 불편하다고 생각할 게 아니라 어딘가 우리 모두 앞으로 나가는 중이라고 생각해야 한다. 앞으로 움직이려면 어느 정도 힘을 써야 하니까. 난 그렇게 생각해야 한다고 결정했다.

아무튼 난 비교적 잘 지냈다. 힘겹게 얻어 낸 지금의 자리이니 결과물을 확실하게 얻어 손에 쥐어야겠다는 포부가 있었으니까. 야자도 빼먹지 않았고 이모가 끊어준 수학 학원에도 열심히 다녔다. 그렇게 시간이 흘러 난 이름만 들어도 위협적인 고3 수험생이 되었고 수험생다운 시간을 보냈다.

나 혼자만 굴러가는 공이라면 외로워서 못 움직일 정도로 고독한 시간이었다. 하지만 더불어 모두 다 같이 한 교실에 빼곡히 심겨진 채, 생각도 접고 취향도 미루고 감정도 누르고 이렇게 한시적인 시간을 인내해야 미래가 온다기에 그것만 믿고 부지런히 굴렀다. 학교와 집 그리고 학원으로만 부지런히 관성의 법칙에 의해 굴렀다. 데굴데굴데굴…… 균형이 깨지지 않도록 같은 보폭으로 같은 강도로 성실하게 굴렀다. 고독한 구르기였다.

벚꽃이 흐드러지게 피어서 그걸 바라보고 있는 것만으로도 잔인한 기분이 들 때이거나 여름 저녁 온 세상이 푸른 물감으로 덧칠되어있는 것 같은 시간에 마음 둘 데를 못 찾아 차라리 잠을 청하게 되던 때. 그리고 거리를 쓸고 다니는 낙엽들이 '와'하고 몰려다니는 걸 보면서 스산한 기분에 몸서리를 칠 때면 '이렇게 차곡차곡 내 안에 수험용 문제집만 쌓고 있는 게 맞는 일일까?' 하고 깊은 회의에 빠지곤 했다. 그럴 때면 관성의 기차에서 잠시 내려 도망치듯 부여로 가서 엄마 무릎에 베고 누워 내 귓속의 솜털을 간질이는 엄마의 따스한 호흡을 느껴 보고 싶다는 생각을 하곤 했다. 삶이란 게 과정이라던데…… 딱 하루만 아니면 방학 중 한 주만이라도 그래야 하는 게 아닐까 하고 망설이다가도 관뒀다. '수험생 모두 다 같이'가 아니면 안 된다는 조바심 때문이었으리라. 나만 내려서 한가하게 쉴 수 없다는 생각이 나를 채찍질했다. 내 고집스러운 생각의 바퀴에 맞물린 또 다른 바퀴가 된 나는 계속 그렇게 돌아가면서 시간 속을 묵묵히 굴렀다.

# 발버둥친다 <sup>★</sup>

내 졸업식을 하루 앞뒀는데도 아빠는 아직 출발 못 했다고 한다. 적어도 이틀 전엔 서울로 올라와 내 졸업 선물도 사 주고 시내 구경도 하고 맛난 것도 먹자고 몇 번이나 약속하더니 결국 또 공수표를 뗀 셈이 되었다. 오늘내일은 식당에 단체 예약 손님이 있어서 도저히 아빠가 손을 놓고 올라갈 수가 없다며 그래도 졸업식 직전에는 꼭 도착하겠다고 문자를 보내 왔다. 정말 바쁜 사람답게 아빠 문자 안에는 오타가 풍년이다. 내 머릿속엔 주방과 내실 사이를 바람을 가르며 뛰어다니는 주인아저씨의 모습과 그리고 주방 불 앞에서 땀을 뻘뻘 흘리며 커다란 팬을 흔들고 볶고 하는 아빠의 모습도 그려져 새삼 안쓰러워진다. 난 서둘러 답을 보냈다. 할머니도 있고 이모도 있으니 개의치 마라고. 하지만 섭섭한 맘이 목까지 차오른다. 목울대가 뻐근해질 정도로. 하지만 소녀 가장처럼 눈치 빠른 내 손가락은 '그깟 졸업식이 뭐 중요하냐며 바쁠 테니 대신 대학 입학식 때 오시라'고 문자를 열심히 찍는다. '딸이 원하는 대학에 합격했으니 아빠가 직접 와서 축하해줘야 하는 거 아니겠냐'며 너스레도 붙여서. 그러자 아빠는 기다렸다는 듯이 '그럼 그게 좋겠다'고 얼른 내 제안을 받아들인다.

아빠가 정말 바빠서인지 아니면 혼자 서울로 올라오시는 게 싫어서 그러시는 건지 잘 모르겠다. 지난번 할머니 생신 때도 주말인데도 이런저런 핑계를 대고 안 오셨다. 아빠의 핑계는 너무 서툴러서 내가 중간에서 말을 만들어 할머니께 전해야 했을 정도다. 이모는 둘 중 어느 쪽이든 너무 강요하지 말라고 내게 말씀하셨다. 바쁘면 바쁜 대로 힘들 테고 만약 혼자 올라오는 게 힘들어서 그러는 거라면 그 마음이 오죽하겠냐며. 나도 이모 말에 오백 퍼센트 동의한다. 하지만 그곳에 혼자 있는 아빠가 안타까워 어떤 식으로든 아빠가 몸을 움직일 수 있게 만들고 싶다. 익숙해진 일상 사이에는 틈이 많아 슬픔이 끼어들 여지가 많지만, 일상이 아닌 다른 낯선 일로 움직이는 동안 만큼은 그나마 마음이 덜 슬프지 않을까 그런 생각에서다. 할 수만 있다면 아빠가 좋아하는 청룡 열차나 바이킹이라도 태워서 아빠의 정신을 잠시나마 쏙 빼놓고 싶다. 입안이 얼얼해질 정도의 매운맛이 삶에 의욕을 주듯이 머리끝이 바짝 서도록 하는 짜릿한 쾌감은 슬픔으로 느슨해지고 헐거워진 신경 줄을 한 바퀴 정도는 조일지도 모른다. 어떤 식으로든 슬픔을 내몰고 싶다.

　엄마가 자궁암으로 돌아가셨다. 내 수시 합격 발표가 나고 얼마 안 돼서 돌아가셨으니 아빠로선 지금이 한참 힘이 드실 때다. 물론 아빠뿐 아니라 우리 모두 다 그렇지만 말이다. 졸업식만 치르고 나면 입학식 전까지는 내가 부여에 가 있을 생각이다. 아직 정리 안 된 채 멀뚱하니 집에 그대로 놓여있을 엄마 물건들도 치우고 아빠와 시간을 보내며 엄마의 부재에 익숙해지는 연습을 할 거다. 습관은 습관으로 이기는 거라고 했으니까.

　요새 나는 아침부터 저녁까지 아빠 걱정을 입에 달고 산다. 소리 내서 이모나 할머니에게 이야기하기도 하지만 혼자 있을 때도 스스로에게 그 사실을 되뇌어 각인시킨다. 오롯이 둘이 계시다 혼자가 되었을 아빠에 대한 안쓰러움이 커서이기도 하지만, 사실은 내 마음을 보란 듯이 무시하고 싶어서 더 그런다.

　'너 말고, 아빠.'

　이런 식으로 아빠에게만 슬플 수 있는 자격을 주고 싶다. 그건 내게 엄마의 죽음에 대한 채무감이 남아 있어서다. 물론 이모도 할머니도 아빠도 그리고 돌아가시기 직전까지의 엄마도 그리고 주은이와 승미까지 나를 아는 모든 사람들이 내게 그랬다. '엄마한테 미안해 할 것 없다'고. 심지어 엄마 상을 치르는 동안 일을 봐

주신 아줌마까지도 잠깐 안 사이임에도 불구하고 헤어질 때 내게 그 말을 꼭 집어 건네셨다. 그것도 돌림 노래처럼 여러 번.

"학생 잘못 아냐! 그런 생각일랑은 아예 하지 마."

모두 입을 모아 똑같은 이야기를 한다는 건 내가 그런 말을 들을 수밖에 없는 상황에 있단 이야기일 것이다. 다시 말해 난 엄마에게 미안해할 만한 일을 한 게 분명하다. 아니라고 부인하면 할수록 더 분명하고 또렷한 사실이 되어 내게 성큼 다가온다. 하얀 바탕에 검은 줄이 확실하게 그어진 스트라이프 티셔츠처럼 선명하게 자신의 존재감을 드러낸다. 이모는 '사람의 죽음은 하늘이 정하는 거다'라고 아주 구체적으로 하늘 쪽에 모든 책임을 돌리며 나를 자유롭게 해 주기 위해 애썼다. 하지만 엄마에 대한 미안함과 안타까움, 후회 등등이 묶여진 패키지로 된 채무감은 내가 일정 시간 가져야 할 분명한 내 몫이다.

하지만 지금은 스스로에게 슬픔조차 허락하지 않는다. 지금은 아빠가 우선이니까. 흐느적거리면서 슬픔과 두 손을 마주 잡고 울고 있어서는 안 된다고 내게 명령한다. 되도록 의연하게, 가급적 어른스럽게, 기왕이면 씩씩하게, 할 수만 있다면 무심하게 아무렇지도 않은 척하라고 스스로에게 주문을 넣어 본다. 모든 일엔 순서가 있듯이 그냥 그게 올바른 순서란 생각이 든다. 어쩌면 이런 식으로 내게 벌을 주고 싶은 걸지도 모르겠다. 그냥 괜찮다고 어깨를 두들겨 주고 봐주는 것보다 벌을 받고 넘어가는 게 더 홀가

분할지도 모르니까. 그렇다면 결국 난 지금 내게 유리한 일을 하고 있다. 어차피 살아야 하니까. 미래가 문밖에서 서성이며 나를 기다리고 있으니까.

엄마가 너무나 강력하게 원해서 내겐 엄마의 투병 사실을 말할 수 없었단다. 이모도 할머니도 모두 다 알고 있었건만 나만 모르고 있었다. 그 사실을 난 시험을 다 치르고서야 알았다. 애초에 부여로 내려가려고 했던 것도 엄마가 아파서였단다. 이곳에서 치열하게 살지 말고 고향에 내려가 느적느적 살면서 병을 고쳐 보자고. 온 가족이 호젓하게 가족의 시간을 누리자고 이야기하던 터에 마침 천우신조처럼 빈 상가를 얻게 되었단다. 그래서 서둘러 이곳을 정리하고 내려가려던 참이었는데 내가 남겠다고 했단다. 처음엔 두 분 다 어떻게든 나를 설득시키려고 했었지만 할머니를 만나고 난 뒤 엄마의 생각이 완전히 바뀌었다고 한다. 당신의 남은 생의 시간을 누리자고 자식의 앞날을 막을 수는 없다며. 엄마는 돌아가시기 직전까지도 당신이 그때 한 결정이 살면서 제일 잘한 일 중 하나라고 여러 번 자랑하셨단다.

'만약에' 내가 그때 그 사실을 알았더라면 어땠을까? 난 엄마를 따라 부여로 내려갔을까? 그건 나도 확답을 못 하겠다. 지금은 그때가 아니기 때문이고 '만약에'라는 건 절대로 정확한 답을 끌어

낼 수 없는 전제다. 애초에 태생적으로 그렇게 되어 있다. 어차피 '만약에'이기 때문에. 그냥 소일거리로 즐거운 상상을 할 때 '만약에'는 그럭저럭 꺼내 쓸 만한 말이긴 하다. 실제 일어나지 않을 일을 가정하고 떠올리며 이런저런 경우의 수까지 예측하고 떠벌리며 이야기하는 건 재미있는 일이다. 드라마 속 주인공에게 감정이입을 해서 일희일비하는 것과 비슷하다고나 할까? 그래서 '만약에'는 사랑 타령을 하는 노래에도 줄곧 쓰이곤 하지만 이런 일엔 절대 적합지 않다. 그래서 그 생각은 더는 안 하기로 한다. 현실로 치환되지도 못할 이런저런 전제를 앞에 두고 괜한 감정을 소모할 필요가 없으니까. 다만 난 지금 이 자리에 굳건히 서서 내가 할 수 있는 일을 생각한다. 그리고 엄마를 잃은 아픔도 견뎌낸다.

닫히지 않아야 할 나의 세계 일부가 '쾅'하고 닫힌 기분이다. 멍하고 손끝까지 찌릿찌릿할 정도로 마음이 저리고 내 온몸의 세포가 아파하며 앓는 소리를 내는 게 들린다. 아프다. 너무 아프다. 미치게 아프다. 하지만 분명 견딜 수 있는 일이다. 세상의 모든 사람들이 다 그렇게 살아왔으니까. 인류가 시작된 이후로 계속되어온 일이니까. 이 세상에 이별 없는 인연은 하나도 없으니까. 그러니까 나도 할 수 있다.

그럼에도 불구하고 아픔이 제멋대로 나를 휘두를 때면 그래서 무릎 아래가 저절로 꺾이듯이 '훅'하고 기운이 빠질 정도로 혼미해질 때면 난 『자기 앞의 생』의 한 대목을 떠올린다. 모모가 로자 아줌마의 어릴 적 사진을 보며 지금의 망가진 로자 아줌마의 모습을 받아들이기 힘들어하며 하던 말이 있다. '생이 그녀를 파괴한 것이다'라고. 그리곤 모모는 거울 앞에 서서 '생이 나를 짓밟으면 어떤 모습으로 변할까' 하는 상상을 한다.

난 그 대목을 생각하며 '생이 나를 파괴하지 못하도록 발버둥쳐야 한다'고 다짐해 본다. 어떤 식으로든 생이 나를 파괴하도록 내버려 두고 싶지 않다. 내가 살기 위해 발버둥치지 않으면 거대한 파도의 이안류에 휩쓸려 내가 원치 않는 방향으로 가게 될지도 모른다. 지금은 허공을 향해 마구잡이로 주먹을 날리는 시간일지 모르겠지만, 그 조차도 마음의 근육이라는 이력이 되어 내게 힘이 되어줄 것이다.


난 발버둥친다. 아름다운 발버둥이다. 문밖에서 기다리는 미래를 위한 몸짓이므로. 세상의 모든 발버둥은 아름답고 의연하고 경건하다.

## 작가의 말

커피숍에 혼자 앉아 있다 보면 본의 아니게 사람들이 나누는 이야기를 듣게 될 때가 있다. 엄마들 한 무리가 모여 자기만의 가치 기준으로 아이들을 재단하고 평가하는 이야기를 듣고 있자니 마음이 불편해졌다. 극히 비합리적인 신념일 수 있는 그들만의 치우친 잣대로 가늠당할 아이들이 떠올라서다. 엄마는 따스한 존재지만 엄마여서 더 유해할 수도 있다. 그래서 가족 이야기를 써야겠다고 마음을 먹던 중 어느 책에선가 '가족은 신성하지만 가족주의는 불온하다.'란 구절을 읽고 떠오른 단상으로 시작했다. 가족 간의 건강한 '거리 두기'가 주제다.

강의를 다니다 보면 부모가 정해 놓은 극히 주관적이고 때로는 폭력적일 수도 있는 당위에 갇혀 허덕이는 아이들을 많이 만나게 된다. 그런 아이들은 대개 부모의 기대치에 부응하지 못했다는 사실 때문에 죄책감 속에 자신을 가둔다. 죄책감은 가족 체계의 역기능적인 증상으로 아이들의 날개를 꺾는 일이다. 그렇게 되면 아이들은 자신의 개체성과 고유성은 존중받지 못한 채 자기 자신으로 살아갈 길을 잃는다.

그리곤 애증으로 범벅이 된 감정 공동체인 가족의 일원으로 살면서 서로를 할퀴는 소모전을 지속하게 된다. 가족 구성원이 각자의 건강한 독립과 경계선을 지킬 때 가족은 진정한 안식처가 된다.

가족 판타지로 인해 가족이란 늪에서 허덕이는 아이들에게 자아 분화를 권하고자 한다. 혈연은 운명이지만 무조건 감싸 안고 뒹굴기만 하는 게 능사가 아니라, 그 안에도 우리가 통제할 수 있는 것은 분명히 있음을 깨닫고 발버둥쳐야 한다. 내가 바로 서야 가족도 사랑하게 된다.

'발버둥'은 거대한 파도의 이안류에 휩쓸리지 않고 자기가 원하는 곳으로 가겠다는 의지의 표현이다.

나 역시 오늘도 발버둥친다.

# 발버둥치다

ⓒ 박하령, 2018

초판 1쇄 발행일 | 2018년 4월 16일
초판 9쇄 발행일 | 2024년 4월 1일

지은이 | 박하령
펴낸이 | 정은영

펴낸곳 | (주)자음과모음
출판등록 | 2001년 11월 28일 제2001-000259호
주  소 | 10881 경기도 파주시 회동길 325-20
전  화 | 편집부 (02)324-2347, 경영지원부 (02)325-6047
팩  스 | 편집부 (02)324-2348, 경영지원부 (02)2648-1311
이메일 | jamoteen@jamobook.com

ISBN  978-89-544-3844-5 (43810)